中外动物小说精品

　　我从 20 世纪 80 年代初开始写动物小说，已历时三十多载。我始终坚信，动物小说是最适合青少年阅读的文体。动物小说描写生命的传奇，揭示生命的奥秘，追问生命的真谛，感悟生命的内涵，拷问生命的灵魂，其实质就是生命文学。我常常为动物所表现出来的独特的生存方式而着迷，常常为动物行为所展示的奇特生命哲学而震惊。我希望通过传奇故事这种载体，将动物独特的生存方式和奇特的生命哲学告诉亲爱的读者，让他们获取精神成长的正能量，面对复杂多变的社会人生，变得更坚强、更勇敢、更自信。

沈石溪

动物是人类的一面镜子，

人类所有的优点和缺点，

几乎都可以在不同种类的动物身上找到。

动物小说折射的是人类社会，
动物所拥有的独特的生存方式和生存哲学，
应该引起同样具有生物属性的人类思考和借鉴。

每个孩子都可以从动物伙伴的身上，
学到成长的道理。

中外动物小说精品（升级版）

熊兄熊妹

沈石溪 等 著

时代出版传媒股份有限公司
安徽少年儿童出版社

图书在版编目（CIP）数据

熊兄熊妹 / 沈石溪等著. —— 合肥：安徽少年儿童
出版社，2022.5
（中外动物小说精品：升级版）
ISBN 978-7-5707-1219-9

Ⅰ.①熊… Ⅱ.①沈… Ⅲ.①儿童小说 – 中篇小说 –
小说集 – 世界②儿童小说 – 短篇小说 – 小说集 – 世界
Ⅳ.①I18

中国版本图书馆CIP数据核字（2021）第209542号

ZHONGWAI DONGWU XIAOSHUO JINGPIN SHENGJI BAN XIONGXIONG XIONGMEI
中外动物小说精品（升级版）· 熊兄熊妹   沈石溪等 著

出版人：张 堃   总 策 划：上海高谈文化   策划统筹：阮 征
责任编辑：高 静   责任校对：王 姝   责任印制：朱一之
出版发行：安徽少年儿童出版社　E-mail:ahse1984@163.com
　　　　　新浪官方微博：http://weibo.com/ahsecbs
　　　　　（安徽省合肥市翡翠路1118号出版传媒广场　　邮政编码：230071）
　　　　　出版部电话：（0551）63533536（办公室）　63533533（传真）
　　　　　（如发现印装质量问题，影响阅读，请与本社出版部联系调换）
印　　制：安徽新华印刷股份有限公司
开　　本：635 mm×900 mm　1/16　印张：14.5　插页：4　字数：155千字
版　　次：2022年5月第1版　　　　2022年5月第1次印刷

ISBN 978-7-5707-1219-9　　　　　　　　　　　　　　　定价：22.00元

序：动物小说的灵魂

沈石溪

20世纪上半叶，西方生物学派生出一门新的边缘学科——动物行为学。传统生物学与动物行为学在学术观念、观察角度、研究手段和考察方法等方面都有显著差异。传统生物学注重被研究者的共性，热衷于调查物种的起源、种群分布的情况，给形形色色的动物分门别类，根据动物的生理构造和特化器官，确定该归于什么纲什么目什么类什么科什么属；分析动物的食谱，解释某种动物与某种环境的依存关系；观察动物的发情时间与交配方式，了解动物的繁殖机制等。动物行为学家对动物的社会结构、情感世界和个体生命的表现投注了更多的研究热情，透过动物特殊的行为方式，从生存利益这个角度，来寻找产生这些行为的原因；在研究动物行为的同时，其严肃、理性的目光也注视着人类的行为，在动物行为与人类行为之间勾画出一条清晰可辨的精神脉络，给人类以外的另类生命带去温暖的人文关怀。

我喜欢读动物行为学方面的书。每当偷得浮生半日闲，躺在摇椅上，捧一杯清茶，翻开奥地利动物学家、诺贝尔生理学或医学奖获得者、动物行为学创始人康拉德·劳伦兹的《攻击与人性》，或者浏览美国生物学家、动物行为学先锋斗士E.O.威尔逊的名著《昆虫的社会》，我总是深深地被大师们严谨的学风、渊博的知识、犀利的目光、翔实的资料、风趣的语言和无可辩驳的论点所折服，心灵上受到强烈震撼，精神上产生巨大共鸣。我相信，动物行为学具有无限广阔的发展前景，能找出人类行为发生偏差的终极原因，是医治人类社会种种弊端的灵丹妙药，为人类把握正确的进化方向提供了牢靠的坐标。

这也许是我个人的偏爱，有点言过其实了。可动物行为学家们通过长期观察动物生活得到的许多例证，确实对人类社会具有振聋发聩的作用。

例如，关于大熊猫为什么会濒临灭绝，一般认为有两个原因：一是人类大量开荒种地破坏了大熊猫的生存环境；二是大熊猫食谱单一，只吃箭竹，属于适应性较差的特化动物。但动物行为学家却另辟蹊径，经过大量调查研究后认为，大熊猫濒临灭绝除了环境和食谱外，还有另外两个原因：第一，大部分动物都有巢穴，尤其是母动物产崽期间都要寻找一个隐蔽、安全的地方当作自己的窝，而大熊猫是典型的流浪者，头脑中没有"家"的概念，它们追随食物四处游荡，吃到哪里睡到哪里，产崽育幼期的母熊猫也同样如此，颠沛流离的生活对刚刚出生的幼崽来说显然是有害无益的，风餐露宿，再加上食肉动物的侵害，幼崽存活的概率很小；第二，丛林里凡生存能力不是特别强，而幼崽又须经过很长一段时间精心养育才能独立生活的动物，如狼、豺、狐、獾、鼠和鸟类等，大多实行双亲抚养制，雄性和雌性厮守在一起，共同养育后代，而大熊猫生性孤僻，雌雄间感情淡漠，各奔东西，谁也不认识谁，清一色的单亲家庭，母熊猫单独挑起抚养幼崽的重担。母熊猫通常一胎产双崽，但过的是没有窝巢的流浪日子，不可能一条胳膊抱一只幼崽走路，又没有配偶替它分担困难，所以只能在两只幼崽中挑选一只抱走，另一只幼崽就被遗弃荒野了。单身母亲的日子过得很艰难，遭遇危险时找不到帮手，头疼脑热时得不到照应，稍有不慎，唯一的幼崽便会夭折，繁殖后代、延续生命的链条就此断裂。

反观人类社会，许多人不珍惜温馨的家，把家看作累赘，把家看作牢狱，弃家不顾、离家出走、天涯飘零，去过所谓的潇洒生活，面对大熊猫濒临灭绝的事实，难道还不该及时醒悟吗？再看如今社会上越来越多的单亲家庭独木难支的困窘，是不是也该从大熊猫生存路上艰难的步履中吸取某种教训？

在动物面前，人类常常犯自高自大的错误。人类有一种根深蒂固的偏见，总认为自己是高等生灵，动物都是低等生灵；自己是天地间的主宰，动物是任人摆布的畜生。不错，人类是地球上进化最快的一种动物，会直立行走，会使用语言文字，用勤劳的双手和智慧的头脑创造出了无与伦比的现代文明。然而，人是由动物进化来的。地球上存在生命已有数亿年时间，人类的历史不过几千年，人这种动物在进化成人以前曾经过漫长的动物阶段，动物的本能、本性在人类身上根深蒂固，人类不可能在几千年短暂的进化过程中就把在数亿年中养成的动物性荡涤干净。科学家证实，文化属性与生物属性是构成人的行为的两大要素。人的一部分行为受制于社会大文化，传统势力、伦理道德、风俗习惯、政治说教、宗教戒条、法律法规、民情民风、乡规民约不断修正和规范你的所作所为，迫使你去做这件事而不去做那件事，这就是人类行为的文化动因。人的另一部分行为受制于生物本能，贪婪好色、权欲熏心、天性好斗、自私自利、妄自尊大、好逸恶劳、贪图口福、嫉妒心理等负面因素又时时让你产生难以抑制的冲动，驱使你去做那件事而不去做这件事，这就是人类行为的生物动因。假如某人的行为既出于合理的生物本能，又符合社会大文化的要求，那么他就是一个真实、自然的好人；假如某人的行为完全抑制生物本能去迎合社会大文化的苛刻要求，存天理灭人欲，那么他就是一个虚伪矫情的假人；假如某人的行为放纵生物本能，弃社会大文化于不顾，他就是一个凶残狠毒的坏人。有一个观点认为，人类一半是天使一半是魔鬼，讲的就是这个道理。

人和动物之间并不存在不可逾越的鸿沟，人和动物之间的差别也并没有我们想象的那么大。在某些领域，人和动物的差距是微乎其微的。稍有不慎，人就有可能变得像动物一样，甚至还不如动物。

我们只要用心去观察，就不难发现，在情感世界里，在生死抉择关头，许多动物所表现出来的忠贞和勇敢，常常令我们人类汗颜，让我们自愧弗如。

这就是动物小说的灵魂，这就是动物小说能超越时间和空间，为世界各地不同民族、不同肤色的一代又一代读者所喜爱的原因。

是为序。

目 录

逼上梁山的豺

沈石溪

我背着猎枪、啃着鸡腿转过一道弯，一眼就看见一只小豺孤零零地站在路旁的一棵小树下。这是一只还在哺乳期的豺崽子，身上的毛细得像蒲公英的花丝。我急忙扔了才啃两口的鸡腿，卸下猎枪，哗啦一声拉开枪栓。我知道，豺是一种母子情极浓的动物，母豺总是警惕地守护在小豺身边，一旦发现自己的宝贝受到威胁，它会穷凶极恶地扑过来伤人。我端着猎枪等了半天，也没见母豺的影子，倒是这只小豺闻到了烤鸡腿的香味，不断地翕动鼻翼，咂着嘴巴，一副垂涎欲滴的模样。它瞅瞅我，慢慢朝地上的鸡腿走了过来。这时，我才看清，小家伙瘦骨嶙峋，肚子瘪得快贴到脊梁骨了，绒毛上沾满了树浆草汁，邋遢肮脏。看来，这是一个失去了母豺庇护的孤儿。

　　母豺也许被埋在荒草丛中的捕兽铁夹夹住了，也许被挂在树梢上的捕兽天网罩住了，也许被躲在岩石背后的猎人用子弹击碎了头颅，也许被老虎、豹子当点心吞了……究竟是什么原因使这只幼豺变成了孤儿，我不得而知。

　　鸡腿上沾了很多土，我是吃不成了。我收起枪，将鸡腿撕成肉丝，摊在手掌上。小家伙慢慢走过来，用信任又感激的眼光看着我。它的眼神透露着天真无邪，眼睛清亮得没有一丝杂质。它先用舌头在我的手指上舔了舔，然后贪婪地卷起我手掌上的肉丝，吞食起来。不知道为什么，我的心里突然涌起一股无端的柔情，我决定收养这只小豺。

豺在分类学上和狗同属犬科，当地山民习惯把豺唤作"豺狗"。豺和狗不仅体形相似，血缘也很近，曾经发生过被主人遗弃的狗跑进豺群生活的事。我想，只要驯导有方，是有可能把这只小豺训练成一条猎狗的。

我把小豺抱回家，开始按饲养猎狗的方式饲养它。我给它起名叫"汪汪"，一个狗气十足的名字。狗是吃熟食的，为了培养汪汪的狗性，我从不让它吃生食；狗善于收敛食肉兽的野性，与其他家禽家畜和平共处，因此我让汪汪整天在院子里和牛羊鸡鸭生活在一起，以磨灭豺的残暴天性；狗喜欢睡在主人的房檐下，我就在寝室的门口给它搭了一个狗棚。汪汪很快就习惯了这样的生活，甚至学会了像狗那样"汪汪"叫。

十个月后，汪汪出落成一条漂亮的"母狗"，四肢细长，脊梁挺直，腰间到胯部形成一条温柔的弧线，头尾和背上毛色金黄，胸腹部的毛洁白如雪，鼻子黑如墨玉。它会扑进我的怀里热烈地舔我的脸颊；它会像狗一样发出轻吠或咆哮；它会用平静的眼光看着身边刨食的肥胖的母鸡；它会按我的指令把正在山坡上吃草的羊群赶回来；它会钻进茂密的草丛把我射落的斑鸠捡回来；它会在我做家务的时候耐心地在门口蹲两个小时，使我不好意思不带它到野外散步。

我打心眼里相信，汪汪已经被我调教成一条真正的猎狗了。除了尾巴，它各方面与一条猎狗没有任何差别。

豺尾比狗尾要粗大得多，长得多。豺尾绒毛蓬松，犹如瀑布似的从脊背流泻下来。或许因为这条尾巴太粗、太长、太沉，豺只能将尾巴竖起来或者耷拉着，顶多能像舵似的朝两边甩，无法像狗尾那样多角度全方位摇得欢快无比、花样百出，摇出友好与亲密的情怀。当地山民识别是狗还是豺，主要就是看尾巴。

就因为这条显眼的豺尾，寨子里谁都不相信汪汪已被我驯养成一条猎狗了。它走近谁，谁就用脚踢它，用土块砸它，用棍子轰它。有时汪汪看见一帮小孩在玩捉迷藏，兴致勃勃地跑过去想凑个热闹，可没等它赶到，孩子们便紧张地一哄而散，还高声喊叫："大尾巴豺来啦，大尾巴豺来啦！"胆子小一点儿的逃回家添油加醋地向大人哭诉，胆子大一点儿的爬到树上用弹弓向汪汪"猛烈开火"。有一次寨子里举行规模盛大的祭山神活动，全寨子的人和狗都出动了。祭拜仪式结束后，就是野炊聚餐，一口大铁锅煮了满满一大锅酸笋牛肉，先是每人一大碗，然后是每条狗一大勺。轮到汪汪时，掌勺的岩松举起空勺子在汪汪的脑壳上重重地敲了一下，粗鲁地喝道："大尾巴豺，滚开！你想分牛肉吃，没门！"

在狗群里，汪汪的境遇更惨。没有一条狗愿意同它交朋友，即使在求偶期，也没有哪条公狗对它献殷勤或表示好感。所有的狗似乎都讨厌它，准确地说是讨厌它那条蓬松的大尾巴。有一次，狗们在水磨坊发现一只黄鼠狼，于是群起而攻之，展开了一场激烈的追逐。汪汪看得心热眼馋，也吠叫着加入了狗的队伍，去追黄鼠狼。狗们发现汪汪后，竟然丢下黄鼠狼不追了，它们调换攻击目标，转身来咬汪汪。冲在前面的两条公狗特别凶狠，紧盯着汪汪的尾巴，要不是我及时赶到，汪汪肯定就变成无尾豹了。

到后来，汪汪只要一跨出门，就会遭到狗群的攻击。

汪汪很苦恼，我也很苦恼，不知道该怎么办才好。

那天，我在院子里铡牛草，锋利的铡刀有节奏地将长长的稻草铡成一寸长的草料。汪汪蹲在我的面前，目不转睛地盯着铡刀看，似乎对铡刀一下子就可以把一扎稻草齐整地切断特别感兴趣。我握着铡刀柄，手臂机械地一上一下运动着。突然，汪汪兴奋地轻叫了一声，两眼放光，好像遇到了什么喜事似的。我朝四周看看，并没有发现任何异常动静。我环顾四周的时候，两只手并没有停止动作，还在机械地铡着草。突然，我用余光瞥见一条金黄色的东西一闪，塞进了铡刀，我想停下手里的动作，但已来不及了，只听见咔嚓一声，汪汪那条蓬松的大尾巴掉到了地上，在草料间活蹦乱跳。我"哎哟"惊叫一声，为自己误伤了它感到内疚和心疼。我想，汪汪一定会痛得跳起来，朝我咆哮。

可结果完全出乎我的意料，汪汪看着被铡断的尾巴，眼睛里没有痛苦和悲伤，对我也没有任何责备与怨恨。它眼里噙着泪，但耳郭朝前，显出很高兴的样子。见我张皇失措地捡起那条断尾，它过来温柔地舔舔我的手，然后叼住尾巴，很坚决地把尾巴从我手里抽出来，扔到院子角落的垃圾堆里。

我的心一阵战栗，我明白了，它是自己要铡断尾巴的！它知道它这条不会摇的蓬松大尾巴讨人嫌，也是狗群追它、咬它的根本原因。它铡断自己的尾巴，决心做一条人见人爱的好狗。

汪汪多聪明啊，我眼睛湿润了，把它搂进怀里，用颤抖的手梳理它背脊上的毛。它伸出舌头，不断舔我的眼睑，它还安慰我呢。

我采来有利于伤口愈合的积雪草，捣成药泥，敷在汪汪的尾根，半个月后，它的伤口就痊愈了。

我永远也不会忘记汪汪养好伤后第一次出门的情景。它连跑带颠着扑进我的怀里，后肢直立，前肢搭在我的裤腰上，舌头伸出半尺长，拼命想舔我的脸。我摸摸它的额头，发现它因激动而抖得厉害。它理所当然地觉得，它铡断了自己的尾巴，已脱胎换骨变成一条真正的狗了，再也不会遭到人们的唾弃，再也不会受到狗群的追咬。我也为它感到高兴，它用自残的办法接受命运的挑战，它的尾巴断了，虽然形象受到损害，变得丑陋了，但它重新塑造自我的坚强信念，让它变得更加美丽。

我兴致勃勃地带着它走到寨子中央的打谷场上，一群狗正在抢夺一根肉骨头，汪汪兴奋地吠叫一声，蹿进狗群，想加入这场抢骨头的游戏。它刚挨近狗群，抢得热火朝天的狗们像撞见了鬼似的都停止了奔跑嬉闹，瞪着眼，龇牙咧嘴，凶相毕露。汪汪并没退却，它不慌不忙地朝狗们转过身体，将屁股对着狗群，并使劲扭动，还"汪汪汪汪"地叫起来。

它昂着头，叫声嘹亮，充满了骄傲和自信。它的这套身体语言，再明显不过了，是归顺的声明，是皈依的宣言，它在用狗的语言告诉那些对它还抱着敌对情绪的狗："请你们不要再用老眼光来看我了，瞧瞧我的屁股吧，那条让你们讨厌的尾巴已经没有了！我已变成一条真正的狗了，是你们的同类了，请你们别再把我当成异类！"

所有狗的视线都聚焦在汪汪的尾根，没有谁吠叫，也没有谁动弹，活像一群泥塑木雕。领头的是村主任家那条名叫"乌龙"的大黑狗。过了一会儿，乌龙小心翼翼地靠近汪汪，翕动鼻翼，闻起来。我在一旁注意观察，只见乌龙脸上的表情急剧变换：惊奇、疑惑、愤怒。突然间，乌龙颈上的狗毛像针一样竖直起来，"汪汪汪汪"发出一连串咆哮声，这等于在告诉其他狗，它已验明正身，它面前这个铡断了尾巴的家伙，不是狗，是豺！霎时间，狗群如梦初醒，每只狗的眼睛都射出憎恶的光，咆哮着朝我的汪汪冲过来。

汪汪像跳迪斯科一样拼命扭动胯部，试图扭转局面，但无济于事，狗们蜂拥而上，对它又撕又咬。它寡不敌众，呜咽着逃回我的身边，朝我委屈地叫着。唉，我也无能为力啊。

我好不容易驱散了气势汹汹的狗群，带着汪汪离开打谷场，转到寨子那口名叫"仙踪脚"的大水井旁，正好遇见几个猎人在井边宰杀一头刚刚捕获的马鹿，人的吆喝声与狗的喧闹声连成一片。汪汪朝猎人们走去，它步履沉重，像在泥浆里跋涉，走得很艰难，看得出来，它心里发虚，害怕再遭到打击。它迟疑着，慢慢走到那伙猎人跟前，轻轻地、叹息般地叫了一声"汪——"，那声音凄凉，透出无限悲哀。

那个名叫岩松的中年汉子抬头看看汪汪，不耐烦地挥手驱赶："滚开，滚开，你这豺模狗样的东西，看见你我心里就不舒服。"

汪汪又朝猎人们转过身，将无尾的臀部亮出来。这一次，它已没有骄傲和自信，畏畏缩缩，像做贼一样；它的叫声也不再嘹亮，嘶哑得像患了重感冒；它眼里闪着泪花，在高高翘起屁股的同时，脑袋低垂在膝盖旁，朝后望去，眼神里有一种哀求和乞怜。

它在乞求那些猎人能看在它铡断自己尾巴的分上，忘掉它豺狗的身份，施舍它一点儿友情。

我的心像被针扎了似的，一阵发疼。

猎人们都像看什么稀罕物似的看着汪汪，岩松"呸"地朝汪汪啐了一口，骂道："短命的豺，以为少了条尾巴别人就认不出你的真面貌了，真是只蠢豺。别说你只是掉了条尾巴，就是剥掉层皮，你还是只讨厌的豺！"

岩松边骂边捡起一个土块，朝汪汪砸来，不偏不倚地砸在汪汪的尾根上。公平地说，这一砸对汪汪身体的伤害是微乎其微的，土块松软，连皮都不会擦破。但汪汪却像遭了电击一样，双眼发呆，浑身哆嗦，趴在地上半天没有动弹。突然，它仰起头，"呦——"，朝在蓝天上飘浮的白云发出一声长嗥，听起来好像婴儿在啼哭，令人毛骨悚然。我养了它快一年了，还是头一次听到它发出这样尖厉嘶哑的叫声，这是地地道道的豺叫。我想抱它回家，但它拼命从我怀里挣脱出来，发疯般地撒腿跑出了寨子，跑进茫茫山野。

我找了好几天，也没能找到汪汪。

两个月后，曼广弄寨发生豺灾，一群恶豺袭击了在山上吃草的牛和羊，还咬死了好几只牧羊犬。有一只胆大妄为的豺甚至大白天就闯进寨子，把岩松家二十多只鸡扫荡干净。寨子里的猎人组织了好几次伏击、围剿和攒山狩猎，但这群豺诡计多端，总能躲过猎人的追捕。奇怪的是，寨子里几乎所有人家的家禽牲畜都遭受过豺群的攻击，唯独我养的两只猪和一窝鸡，整天放在外边，却毫毛未损。我那到处都是窟窿眼儿的破草房，也从未有豺光临。一天，村主任在寨子后面的荒山沟里与这群恶豺面对面地相遇，他清清楚楚地看到，领头的那只豺，没有尾巴。

消息传开后，寨子里家家户户都拉我去吃饭，拼命灌我喝鸡汤，然后让我把尿撒在他们的篱笆墙上。

说来奇怪，这以后，那群豺再也没来曼广弄寨作过恶。

熊兄熊妹

[日本] 户川幸夫

熊母子

母熊清楚地知道春天很快就要到来了。

铅灰色的天空，终于转晴。和煦的阳光洒满山头，武尊连峰的积雪也开始融化了。

"喂，春天到啦！春天到啦！"群山仿佛在这样叫喊着。

天空下起雨来，夹杂着雪和冰粒。

武尊连峰——迦叶山、高手山、鹿俣山、狮鼻子山、剑峰、前武尊山、奥武尊山、宝台树山、笠岳、至佛山等全都下着雨。

溪谷中，山涧唱着歌欢快地流淌着，树木和杂草一个劲儿地拔着身子生长。

将洞穴口开在朝阳一侧的公熊们，慢吞吞地走出洞口，来到有阳光的地方，尽情地晒起太阳来。它们晒暖和之后，重新钻入洞穴。

公熊们就这样进进出出，舒展筋骨，做着从冬眠中苏醒后外出活动的准备。可是母熊们依然缩在朝北的洞穴里，迷迷糊糊地打着盹儿。它们怀中抱着小熊崽，小熊崽还很小，现在走出洞穴会很危险。

母熊们一边打着盹儿，一边等待着从洞穴走出去的时刻。

居住在靠近武尊山顶，可以俯瞰大泽和手小屋谷的洞穴中的母熊也在等待这个时刻的到来。它在洞穴中产下了两只熊宝宝。

一过四月中旬，熊宝宝们就已经长得像模像样了，母熊开始寻思：差不多可以走出洞穴了。于是，母熊丢下胖乎乎的熊宝宝，独自离开洞穴外出。

外面的世界仍是白茫茫的一片。但是仔细观察，积雪已开始融化，有的地方甚至可以看见黑乎乎的泥土了。

母熊将巨大的熊掌踩在雪地上。漫长的冬眠生活使它的掌底干裂，它的反应也有点儿迟钝了。

这只母熊深知人类的可怕。它知道，自己留在洞口的足迹很快会被人或猎犬探知，因此，它小心翼翼地尽量选择在阴凉的地方走，在冻冰的地面或是岩石上走。

它用锐利的爪子和牙齿撕扯树皮，吮吸树的汁液，啃食树的嫩芽。款冬从积雪下刚刚露出茎叶，母熊毫不犹豫地将它刨出来吃下肚。在溪谷，它喝着冰凉的溪水。

残留的积雪上，还是留下了熊的脚印。

藤原村里有个独眼猎人，被称为"捕熊能手"，据说他迄今已经卖掉一百八十个熊胆。被他发现了足迹的熊，往往死期将至，难逃被射杀的下场。

他年轻时有次打猎，被熊的利爪划瞎了一只眼睛，于是成了"独眼龙"。

独眼龙喜欢捕杀刚刚结束冬眠从洞穴中走出来的熊，因为这时候的熊胆比较大。今年，独眼龙照例准备好猎枪、鞋套、靴子以及干粮和酱汤，进山猎熊。

独眼龙知道一百多个熊的洞穴确切的位置，这些是从他爷爷那辈就传下来的。这些洞穴里的熊即使被猎人捕杀，但过五六年后，其他熊照样会进这些洞穴冬眠。所以，对猎人来说，知道哪里有熊的洞穴就能发财。

独眼龙从川场谷出发，一路对鹿俣泽、十二泽、西俣泽、大滑岩、里见泷等地会有熊出没的洞穴一一进行探察，现在来到了手小屋谷。

那只母熊为了让干裂的掌底恢复敏锐的知觉，正在靠走路锻炼。在坚硬的岩石上或灌木丛生的地上走会让掌底发痛，没办法，它只得选择在松软的雪地上行走。眼下是最危险的时期，母熊心里清楚，它必须十分谨慎。

为了早日走出洞穴，它必须锻炼。两只熊宝宝单靠乳汁显然已经吃不饱了。为了熊宝宝，母熊不得不外出寻觅细柱柳那裹着丝毛的嫩花穗和野生土当归的根茎，让熊宝宝填饱肚子，补充营养。

一天，母熊在多良伏泽觅食之后，正走在返回洞穴的路上。忽然，它嗅到一股讨厌的气味。这不是同类身上散发出的气味。母熊立即停下脚步，四下张望。群山寂静，红彤彤的太阳悬在山的另一边，即将西落。

母熊重新赶路。可是那股讨厌的气味却越来越浓了。

这里距离洞穴很近。这时候，母熊已经清楚地知道危险已经临近。"喀！喀！喀！喀……"它情不自禁地发出像咳嗷般的叫声，想转身逃走，可是想到洞穴里的熊宝宝，它又舍不得离开。母熊竖起背上的鬣毛，硬着头皮准备返回洞穴。

就在这时，穴壁上似乎有什么东西闪了一下。

"砰！"枪声响了。

母熊被一枪毙命。

独眼龙走到倒在雪地上的母熊旁边，咧开嘴笑了。过了一会儿，他突然想起什么，便钻进洞穴。

洞穴里有两只小熊宝宝，像天鹅绒玩具一样柔软。熊宝宝想逃，对着独眼龙举起了爪子，但是独眼龙一把将它们拽出了洞穴。

熊兄妹

利根川①上游沿岸一家温泉旅馆的掌柜买下了这两只熊宝宝。

当时，独眼龙从背包中扯出两只出生一个月左右的熊宝宝，对掌柜道："掌柜的，这个你想要吗？"

"呀，好可爱！"掌柜的妻子在一旁说。

年轻的掌柜心想，这两只熊宝宝说不定可以帮旅馆做宣传呢，于是他决定买下来。

因为它们是在武尊被捕获的，他们便将这两只熊宝宝中的公熊称为"武雄"，雌熊称为"尊子"。

①利根川：日本本州岛关东地方河流。长约332公里，流域面积16840平方公里，是日本流域面积最大的第二长的河流。

熊宝宝冷得瑟瑟发抖，人一将它们抱到怀里，它们便顺势爬到人的背上。不得已，掌柜夫妇只得把它们养在屋子里。

他们在藤篮里铺上稻草垫，再将篮子放进一个大盆子里，稻草垫下面放着一个用布裹着的汤婆子①，盆子上面再用毛毯盖住，把里面弄得暖暖和和的，熊宝宝便舒舒服服地躺在里面睡觉。

两个小家伙整整一天没有吃到奶了，都饿坏了，它们咬住奶瓶嘴使劲吸起来。

炼乳加脱脂牛奶，早、午、晚各换一次汤婆子——头一个月，熊宝宝们每天就是这样被照顾着。两个小家伙睡在热乎乎的盆子里，挺着酒桶般圆滚滚的肚子，喉咙里发出"咳——咳——咳——咳"的声音，进入了梦乡。或许，它们以为现在还在冬眠哩！

除去肚子饿了或是汤婆子凉了的时候，它们几乎整天都在熟睡。

熊宝宝在睡梦中成长着。

五月，吹起了和煦的风。

熊宝宝已经出生两个月了。现在，它们长得跟大猫一般大了，并且好奇地想往外面爬。

"人并不是可怕的动物哟！"为了让小家伙们知道这一

①汤婆子：家庭取暖用具，充满热水后放置于被窝以提高温度。是一种铜质或瓷质的扁扁的圆壶，上方开有一个带螺帽的口，热水就从这个口灌进去。

点，年轻的掌柜和他的妻子将手指蘸上蜂蜜给它们舔，小家伙们高兴地嘬个不停。终于，两个小家伙记住了主人的容貌，慢慢懂得了主人是爱它们的。

然而，熊宝宝再小毕竟也是熊，跟狗宝宝不可同日而语。狗这种动物从几万年前就开始与人共同生活，不管它们长到多大，对主人都会绝对服从，熊却不一样。

将奶瓶递到它们眼前时，两只熊宝宝便不顾一切地抢着喝，经常会将锥子一般尖利的爪子按在主人的胳膊上。为此，主人用钳子替它们修剪爪子。但熊爪仍会伤人，于是主人用烧烫之后的铁板将其磨圆。

从第二个月开始，它们的食物中增加了用小麦粉加糖制成的甜汁。又过了大约一个月，它们的食物已经和狗吃的食物一样了。到第三个月，两只熊宝宝长得很壮实了。

入夏了，昆虫开始出现。这些东西是熊宝宝最爱吃的食物。

主人领着武雄和尊子来到自家的山上。两个小家伙刨开树皮，翻找藏在下面的昆虫，像放屁虫这样臭烘烘的虫子，它们居然也吃得津津有味。

"咦，臭死了！那种东西怎么能吃啊！"主人说着，上前想从武雄嘴里夺下虫子。武雄抬起前掌啪地将主人的手拍开，主人的手背上顿时鲜血直流。

"我以为它还是熊宝宝，没把它放在眼里，结果挨了它一掌，看来熊到底是熊啊，连主人也照打不误。今后还是要多加小心！"回到旅馆，掌柜对妻子说道。

日子就这样一天天过去，两只熊宝宝也日益显现出熊的习性来。

带它们上山，它们一会儿爬树，一会儿匍匐在岩石上玩耍；下到溪谷时，武雄会用那种不可思议的眼神直直地注视着山涧，随后伸出前爪小心地探进水中，最后干脆踏进水里玩起来。春水仍非常寒冷，它却一点儿也不害怕，反而高兴地将整个身子浸入水里。尊子也毫不示弱，学着兄长的样子，一下子跃入水里。熊天生喜水，这下善游泳的熊宝宝们彻底显露了它们的本性。

主人心想，是时候教熊宝宝们一些与人相处的规矩了。

首先要让它们知道无论它们多厉害，终究敌不过人类。旅馆掌柜不像杂技团里驯熊那样使用椅子和鞭子，而是用山里人登山用的冰镐，先将它们的前掌和后掌捆起来，然后把它们挂在冰镐上悬空扛起来，有时候甚至往草地上扔，当然他会留神不让熊宝宝们受任何伤，同时很注意一边玩耍一边教导它们。对主人的命令，武雄和尊子都绝对服从。

三个多月大的时候，熊宝宝们还学会了时刻警惕周围的环境。熊宝宝们渐渐长成了小熊的模样。

温泉旅馆的掌柜打出了这样的宣传口号——零距离接触熊宝宝的温泉。这样一来，主人又开始教导它们在客人面前应当注意的礼仪。

两个小家伙毕竟还年幼，有时候真是天真得让人哭笑不得。它们允许客人跟自己一起拍照留念，甚至还学会了用两只爪子夹住啤酒瓶子，像吹喇叭似的仰起脖子将酒灌进肚子。

熊是喜欢吃甜食的动物，怎么会喜欢喝带有苦味的啤酒呢？
这让人很不可思议。但不知什么原因，武雄和尊子偏偏喜欢
喝啤酒。

就这样，两只小熊也喜欢上了瓶子，一看到瓶子，哪怕
是空瓶，也会情不自禁地夹起瓶子，仰脖"吹"起来。这个
滑稽有趣的画面，还被生产啤酒的企业用在了广告中。

于是，不少客人远道而来，特意选择到这个旅馆投宿。

旅馆里还有两条大狗。这两条狗与小熊关系不好，只要
主人不在，大狗便欺负小熊。小熊们还没法对抗大狗，每次都
发出"嘎！嘎！嘎！嘎！"的惨叫声，不服气地落荒而逃。

看到这样的场景，客人们感到很有趣，开心地拍手大笑。

温泉旅馆的熊兄妹，就这样一边感受着人们的喜爱与呵
护，一边茁壮地成长。一年、两年……它们在温泉旅馆生活
得很愉快。

熊兄妹跑了

生活在山中的熊长到两岁时，就会被母熊赶走，开始独
自生活。

"哎噜、哎噜、哎噜——"母熊不时发出这样的叫声，
举起硕大的手掌朝小熊拍去。

据猎人们说，其实这时候，母熊已经再次受孕，因而它
深知假如不将自己的孩子赶走，新出生的熊崽儿就会被自己
的孩子吃掉。所以它只能朝小熊无端发脾气并痛打小熊，使

其待不下去逃走。母熊这是忍痛驱子啊！

"你已经长大了，不能老是待在母亲身边，要靠自己的力量好好活下去！"母熊也许对小熊充满了这样的期待。

温泉旅馆的熊兄妹也刚好到了这样的年龄。

渐渐地，它们已显现出山中王者的气度，走路不再是碎步，也不再警觉地东张西望，甚至不再爬到树上玩耍。

旅馆掌柜用圆木为它们建造了非常结实的木屋，供它们晚上睡觉，若是它们伤到住店的客人麻烦就大了。

熊兄妹剥掉树皮，吮吸里面的汁液，掘开土层寻觅红蚁，这些生活技能它们天生就具备。

这年秋天快要入冬的时候，一位大学老师来到旅馆。

大学老师看到木屋里的熊兄妹，对掌柜说："人工饲养的熊冬天是不冬眠的，所以对研究人员来说它们的价值不大。"他还介绍说，不管哪儿的动物研究人员都是这样认为的，所有动物园内都没有冬眠中的熊。

但旅馆掌柜并不这样想，他觉得只要具备跟山中同样的条件，熊照样会冬眠，不管是不是人工饲养的。

"那你就试试看吧，假如熊冬眠了，就有研究价值了。"大学老师冷笑着说道。

为了迎接冬天的到来，旅馆掌柜开始增加小熊的食物摄入量。他从山上采了栗树、枹栎、麻栎、山毛榉、七叶树等树木的果实，以及万年藤、野葡萄、猿梨等果树的果子，每天都把它们喂得饱饱的。

山上开始下雪了。两个小家伙的动作也开始变得迟缓起来。

主人在熊屋里搭了个大木箱，在里面铺上草，让它们在箱子里睡觉。为了营造出黑暗的效果，他还将箱子四周全都用稻草遮起来。尽管这样，小熊们似乎仍感觉冷，它们将木箱子四周的稻草全部叼到了箱子里。

　　"这表示这里是它们自己的势力范围呢！"

　　听说熊兄妹开始冬眠了，特地跑来看的独眼龙这样对旅馆掌柜解释道：居住在山中的熊每年冬眠之前会用爪子将洞穴周围的树木划上一些印痕，表示这个洞穴是自己的居所，以阻止其他熊来打主意。

　　"看来人工饲养的熊也是一样的啊！"独眼龙很惊讶。

　　那位大学老师收到消息也赶来了："这可真是稀奇啊！"他给两只小熊测量起体温来。

　　这边人们议论纷纷，热闹得很，那边两个小家伙却浑然不觉，躺在漆黑的木箱里，已经迷迷糊糊地倒头大睡了。

　　熊兄妹做梦了。

　　木箱子的板壁就是坚硬的岩壁，从门口照射进来的微弱光亮仿佛是白皑皑的积雪反射的光。风呼呼地吹着，母熊温柔地舔舐着它们，小家伙们情不自禁"呜噜、呜噜、呜噜"地撒着娇。忽然，小家伙们的脑海里浮现出酒瓶子，于是它们用两爪去夹瓶子，却怎么也夹不住，不由得叫唤起来。它们又看见冰镐了，于是"嘎嘎、嘎嘎"地叫着，身子朝后退缩……想必梦中看到了这样的光景吧！

　　"熊也会做梦啊！"旅馆掌柜的弟弟感到非常有意思。

　　终于，春天来了。

木屋里的所有覆盖物都被除掉了。小家伙们又精神抖擞起来。这个春天，它们三岁了，体格也越发健壮。

　　村子里的积雪渐渐开始融化，公共巴士又通到了村子附近。就在这样一个时节，某杂志社的摄影师来到村里。他想以雪山为背景，拍摄一组风光照片。

　　"这两个家伙已经三岁了，也是本性显现的时候了，哥哥，还是不要把它们放出来吧。"弟弟有点担心地说。

　　"怕什么，有我在呢……"旅馆掌柜不以为然地笑了。

　　旅馆前面，有座海拔九百米高的观景台。登上观景台，狮鼻子山、剑峰、宝台树山、笠岳、至佛山等一众峰峦可尽收眼底。

　　主人用甜纳豆逗引着，带领熊兄妹来到观景台，这是它们冬眠醒来后头一次登山。

　　望着沐浴在灿烂阳光下的巍峨的诸峰，熊兄妹陡然竖起了脊背上的鬣毛——那就是梦中见到的大山呀！

　　"武雄——尊子——"

　　主人在下面唤着它们的名字，可两只熊就是愣愣怔怔地不挪步。

　　最后，尊子在主人的呼唤声中下来了，而武雄却像中了邪似的，望着群山出了神。

　　两天后，家里的狗像往常一样没把两只小熊放在眼里，朝它们靠近的时候，被武雄出其不意地一掌击伤了肩胛。

　　在一个积雪消融、樱花绽放的日子，旅馆经理赏花喝多了酒，硬将武雄从木屋里拽出来，想在客人面前炫耀一番，结果也吃了武雄一掌，身上被划出一个十二三厘米长的伤口。

"自从冬眠结束之后，这只公熊的脾气变得粗暴得很，大家都尽量不要靠近它！"旅馆掌柜告诫所有人。

他想给武雄套上颈链，没想到也被武雄弄伤了。

于是，在接下来的一年当中，两只熊就一直被关在圆木建造的木屋里。熊兄妹虽然被关进了狭小的木屋，但登上观景台时见到的壮丽群山的景象，却无法从它们心里抹去。

这年初夏，当人们全都熟睡、四周一片寂静之时，有两个流浪汉从利根川的水源地方向走来。一路上，这二人又是偷盗，又是扫荡庄稼，干了不少坏事，所以他们不敢大白天出现，只能在夜晚悄悄赶路。现在，他们潜入温泉旅馆的地界，想找个隐蔽的地方睡上一觉。

"大哥，这儿有个仓库可结实哩，不知道藏了什么。"其中一人在黑暗中摸索着对另一个人说道。

"管它呢，撬开来再说！"

两人抬起圆粗的木头，打开重重的木门。黑乎乎的屋子里好像有什么东西在晃动。

"大哥，你看！"

"有人？"

"不是人。"

"可是没叫唤，应该也不是狗。"

"不会是鸡吧？"

"那可就不管了，赶快抓几只……"

二人伸手摸索着往里面前进，那个黑影又动了一下。他们的手触到上面，感觉是硬硬的毛。

"咦……"他们心里正在狐疑，一人已经被粗大的圆木狠狠撞了一下。

"什、什么东西！"

另一个人还没来得及转身逃跑，也被重重地拍了一掌。

是武雄打了他们。武雄瞧也不瞧躺倒在地的二人，轻手轻脚地溜到了外面。

"喀、喀、喀、喀……"

武雄一阵兴奋，忍不住低声叫起来。听到叫声，尊子也跑了出来。

夜空中，美丽的银河横跨天际，将近处的群山与远处的群山连在了一起。熊兄妹凭着记忆，沿着儿时主人带它们攀登的山路，向后山跑去。

宝川河水哗啦哗啦地喧叫着，奔流着。两只熊翻越山头，穿越公路，蹚过山涧，跑进了宝台树山的密林。天色黢黑，可是熊一点儿也不觉得害怕。熊兄妹在黑暗中疾速奔跑。

尊子归来

像熊这种对自己的实力拥有绝对自信的动物，一般是单独生活的。可是从出生起便一起长大的熊兄妹，在返回深山之后仍然生活在一起，没有分开。

被人饲养的时候，它们是饭来张口，想吃什么就有什么。回到山里，它们要自己去觅食了，这可是件非常不容易的事，因此兄妹俩时常心情忧郁。

夏天的山中到处都是黄蜂、黑胡蜂，假如用心去找的话，还能捉到蜜蜂。可是，熊兄妹却不知道怎么捕捉。山林中生长着许多草莓、又酸又甜的李子和野葡萄，枯槁的枯叶、杂木或石头下，还藏匿着白乎乎、圆滚滚的幼虫和虫卵等，涓涓细流中也有不少螃蟹，可是同样的，熊兄妹不知道怎样寻觅。它们的体格比深山里的熊大一倍，可是体力似乎并不匹配，总感觉有些力不从心。它们还没有领略过大自然的残酷。

熊兄妹每天吃的东西连平时的一半都不到，好不容易找到了食物，还要分着吃，因此老是吃不饱。

作为哥哥的武雄，身材比妹妹尊子更高大更壮实，吃起东西来自然每每抢在前面，有时候饿得厉害，甚至还抢起巨掌掴妹妹，将它赶跑，所以，尊子比武雄还要惨。

尽管如此，两只熊仍一直待在一起。对它们来说，这仿佛是天经地义的事情。兄妹俩倘若不合力互助，看样子没法活下去。

然而，这两只熊不怕人，有时候想要吃好东西，便不顾一切地下山，到青木泽一带的村落来骚扰村民，将村边的蜂箱偷走。

温泉旅馆的掌柜听青木泽的养蜂人说起一只公熊和一只母熊偷蜂箱的事，他立即想到，这两只熊应该就是武雄和尊子兄妹。

那个养蜂人被偷两次，不得不将蜂箱搬迁到别处去。

进入九月后，一直东游西荡无法安定下来的两只熊终于安定下来，因为此时山中到处挂满了万年藤、野葡萄树、栗树、枹栎、米槠、麻栎等果实，它们不需要再闯入村落了。

从九月至十一月末，熊会尽量多摄入食物，这是在为冬眠做准备。武雄和尊子此时也跟其他熊一样，拼命将自己的肚子填得饱饱的。

但是，山中的食物终有吃尽的时候，于是，山中的熊们会去寻找其他熊吃剩的食物，就这样它们渐渐聚拢到了同一个地方。武雄、尊子的面前蓦然出现一只体形庞大的熊王，体重少说也有一百九十公斤。山中的动物世界是凭实力说话的，强者为王。武雄与这只熊王格斗，结局自然是惨败，它好不容易才从熊王的利爪之下逃脱。

武雄与妹妹尊子就是在这时候失散的。武雄被熊王追赶，它终于领教了大自然弱肉强食的规则。弱者，只有死路一条。武雄心想，自己一定要变得更加强壮，成为一名王者。

冬天到了，山顶上是白皑皑的一片。

一天，尊子在迦叶山靠近弥勒寺的弘法岩附近发现一只空的果汁瓶子，想必是前来参拜的人丢弃的。尊子情不自禁地直立起身子，用两爪夹住瓶子，像吹喇叭似的仰起脖颈想喝果汁，但没有一滴鲜美的果汁滴出来。尽管如此，那股味道仍吸引着尊子，它久久不舍得松开爪子。

看到这个景象的人们大为震惊。

"宝川桥下有只脖子上套着颈链的熊，不会是从你家逃走的熊吧？"村里人以及观光客人告诉温泉旅馆的掌柜。

掌柜赶忙带上绳索、花林糖①、牛奶瓶以及冰镐，同弟弟和旅馆经理一同上山了。而这时候，尊子在距离桥大约一百米的河边，正无精打采地发着呆。

"尊子——尊子——"

尊子听到熟悉又亲切的声音从身后传来，于是竖起耳朵仔细辨别。听到脚步声，它忽然惊慌起来，这声音是那么熟悉，却令它感觉紧张。

"尊子，你终于回来啦！太好了！"

是主人的声音。

主人伸出手，想要搭在尊子的颈链上。可尊子发出一声低沉的吼叫，龇牙咧嘴，朝主人露出白森森的牙齿。主人一惊，把手缩了回去。

尊子离开主人仅仅半年，性情却与被主人饲养时大不一样，它不再是以前的尊子了。旅馆掌柜紧张得脸色发白，他右手握住冰镐，一步步向尊子逼近。尊子被掌柜手中的冰镐镇住了。

"喀！喀！喀……"

尊子发出咳嗽般的吠叫声，转身朝密林方向逃走了。

"它跑了，快追！快追！"

掌柜叫道，随即追上去。弟弟和旅馆经理也紧跟在后面。

进入山林，尊子动作敏捷地攀上一棵山毛榉树。掌柜也

---

①花林糖：将揉入膨松剂的面粉团切成小手指大小的条形后油炸，再撒上砂糖的一种点心。

跟着爬了上去。掌柜用树枝做成一个叉子，将花林糖夹在上面，朝尊子递过去。如果尊子肯吃糖，那还有一线希望；倘若它不吃，虽然主人很不忍心，但也不得不射杀它。

"尊子，快吃吧，吃完了听话，乖乖地跟我回家！"掌柜用温柔的语气说道，并且将叉子伸到尊子的鼻尖下。

然而尊子心中很害怕，它不肯吃。

"哥哥，快把冰镐扔了，尊子见了它怕呀！"弟弟在下面叫道。

掌柜扔掉冰镐，这下尊子才翕动鼻翼嗅了嗅花林糖，随后美滋滋地吞进嘴里。就这样，这天傍晚时分，尊子终于跟着主人回到了温泉旅馆。

当地报社的记者闻讯赶来采访，旅馆掌柜对他说："自从那两只熊逃走后，大伙儿就在议论，跟人一起生活，并相互熟悉了的熊，到底还会不会回家。我当时就相信它们会回来的，因为它们一定知道我对它们是多么好啊！现在，母熊是回来了，公熊还没回来，不过有朝一日它也会回来的！"

武熊与独眼龙

武雄攀上一棵高大的七叶树，它的窝在半空的树杈上，沿着树杈向高处攀爬，便能伸手够到枝头的果子，摘下来果腹；屁股底下，是它把十多根树枝压弯折叠在一起、形似鸟巢的一方平面。猎人们把这种窝称为"熊堡子"或"熊棚子"。

山中晴朗，四下无风，密林里一片寂静。大多数熊此时已经积蓄了冬眠的体力，洞穴口也已做好了标记，但是，武雄还没有准备好，它现在得拼命积蓄体力。

冬天终于降临武尊群峰。朔风凛冽，现在是刺骨的西北风呼呼作响的时节。武雄心情烦躁，坐立不安，它必须赶快积蓄体力。

武尊山到处都被雪覆盖着。

武雄东转转，西逛逛，漫无目的地行走着。就在手小屋谷和大泽两个溪谷之间，靠近山脊附近，有一个岩洞，那是五年前武熊出生的地方，对武雄有种莫名的吸引力。武雄决定去那儿看看。

武雄站在洞穴口，忽然听到身后传来低沉的吼声。它转身一看，又是那只熊王。原来，这儿已经成了熊王越冬的据点，此刻，它悠闲地在一处朝南且避风的地方刚晒完身子，正准备返回洞穴呢！怎么是这家伙！

熊王仍记得武雄，但它压根儿不把武雄放在眼里。熊王好像一大把年纪了，髭须都已发白，但武雄仍斗不过它，只得悻悻地离开洞口，去到手小屋谷。

来到溪谷，武雄赶紧寻找洞穴，为自己准备冬眠的场所，可是找了半天都不甚理想，但凡舒适的地方都被其他熊占了。

眼看冬雪就要来了，已经容不得武雄再犹豫，没办法，它只得选定靠着溪流的一块大岩壁，打算在岩壁下方一棵粗大的朽木下冬眠。

翌日，猛烈的暴风雪袭来了。

雪下了一天又一天，外面一瞬间变成银装素裹的世界。

熊们也都蜷缩着身子，迷迷糊糊地进入冬眠。

春天来了，又要到春分时节了。

藤原村的猎人独眼龙又进山了。今年，他准备好好猎几只熊胆够大的熊，于是他便朝武尊山进发，目标就是五年前熊兄妹出生的那个洞穴。

"应该有其他的熊住进去了吧？"他自言自语着，来到了洞穴口。他发现洞穴旁的树皮被啃掉了。

"果然有！"独眼龙咧开嘴笑了。他将脏兮兮的背包丢在雪地上，用砍柴刀拨开洞口的枝叶，闯进洞穴，熊王仍在梦乡里呢！于是，独眼龙今年又从这个洞穴得到满意的收获。

夏天到了，年轻人结伴从谷川岳登上武尊山、至佛山以及利根川水源地所在的诸多山峰游玩。临近夏末的时候，有一群从东京来的学生登上山，在接近山顶的一处低洼地露营。他们打开录音机，吹起口琴，唱歌跳舞，好不热闹。

武雄在隔着三座山的另一座山上听到了这边喧闹的声音。这些声音，它以前在温泉旅馆也听到过，但凡那种时候，必定能吃到许多好吃的东西。

一般来讲，熊听到嘈杂的人声会躲开，但武雄不会，因为它不怕人。

武雄翕动着鼻翼，咻咻地嗅着远处传来的气味，然后追着气味慢条斯理地来到人声喧闹的露营地附近。

"听说这山里有很多熊呢！"一个男学生说。

"喂喂，别吓人好吗？"一个女生嗔怪道。

"不要怕嘛，只要生起一堆篝火……"

"没错，据说野兽都怕火。"另一个女生附和着。

"哈哈哈，我们这样吵闹，被吓到的应该是熊才对呢！"

"那我们就来生火吧！"男生们说着，堆起柴火，点起火来。柴火燃得很旺，将周围照得一片通红。

这时候，有个女学生不经意间一转头，发现有个东西在附近。开始她并没有放在心上，但随后借着火光，猛地醒悟过来，前方那眼睛闪着蓝光的动物可不就是熊嘛！

"啊——"她顿时发出一声惨叫。

"怎么了？"

"喀、喀、喀，喀……"

大伙儿顺着女学生手指的方向看去，全都不由自主地跳了起来。一个去帐篷里取罐头的学生，刚从帐篷里探出头来，正好与武雄打个照面，当时就被吓得倒在地上。

武雄想不明白，为什么人见到自己会这样惊慌？为什么以前时常围着自己、看着自己又笑又乐的人们，此时却要惊慌失措地逃跑呢？

但不管如何，武雄看到了一旁散落的罐头。它对罐头记忆犹新，知道罐头里装着好吃的东西。武雄拿起罐头，敲打摇晃，可是打不开，它生气地吼叫起来。

帐篷里还有瓶装果汁。武雄双爪夹住瓶子，像吹喇叭似的仰起头喝起来，可是果汁一滴也滴不出来。武雄愈加生气了，它将帐篷扯得稀巴烂。最后，武雄发现了冰镐。对武雄而言，冰镐是件可怕的玩意儿，因此它冲着冰镐悻悻地吼了两声，转身消失在黑漆漆的密林中。

那个来不及逃跑、抱着头倒在地上的学生此时才爬起来，他对围上来的人说："碰到熊躺下装死就没事的传说，看来是真的。"

第二年是多雨的一年，雨水比往年多了好多。整个日本的农作物收成都不佳，山里的情况也好不到哪里去。

为了填饱肚子，临近冬天时，熊们闯入农田，将可以吃的东西扫荡一空。川场、片品、藤原村一带，损失尤其严重。

猎人们隐蔽在田间，等着熊撞上枪口。他们还在山里布下许多捕兽器，许多熊都被猎人们捕杀了。

熊们如果待在山上，会因为食物严重不足而饿死，如果下山寻找食物，则会被猎人射杀。反正是死，不如下山吃饱再死，也比被活活饿死强——熊们大概是这样想的，于是尽管不断有熊被猎人射杀，仍然挡不住熊们前赴后继地闯入农田。

武雄是不怕人的。其他的熊大都在夜间下山，武雄大白天照样下山。猎人们夜间守护家园，到了天亮时已经累得不行，便倒头睡着了。因此，武雄比那些夜间下山的熊收获更多。而且，其他熊被人追赶时会往山上逃窜，武雄却慢悠悠地走上公路，闪入公路对面的山林。

武雄熟知人类和猎犬的招数，它是绝对不会两次闯进同一个地方的。它这样做，并不是害怕，而是出于天生的戒备心，毕竟它是只熊。

武雄与人相处久了，知道那些人造的声音和气味，它不去有这种声音和气味的地方，因为它知道，假如违背了人的意愿，就会挨冰镐打。

但是肚子饿极了的时候，它也会忘记这些。一天傍晚，武雄在藤原村的栗树林中，右后腿被捕兽器夹住了。武雄拼命吼着、甩着、蹬着，可是捕兽器丝毫没有变松。武雄想拖着捕兽器逃跑，谁料捕兽器是用铁链系在树根上的。

听到熊的吼叫声，村里的猎人带着猎犬赶了过来。武雄使出全身气力，撕裂腿上的皮肉，这才挣脱了捕兽器。等到猎人赶到时，只看到留在地上的血印，熊早已逃走了。

猎犬追了出去，在大泷至夜后泽之间的山路上追上了武雄。武雄随即转身朝猎犬迎上去。聪明的猎犬必定会等待主人到来才下手，可这条猎犬大概急于立功吧，它不等主人到来就向对手扑了上去。嘭！武雄一巴掌就将猎犬击倒在地，猎犬再也不喘气了。

就在这时，砰的一声，枪声响起。

武雄只觉得背上热辣辣的，它明白自己中弹了。武雄顿时怒不可遏，它疯狂地朝猎人猛扑过去。"不可以对人动粗"，这它是知道的，可是此时此刻它哪里还顾得上这个呀！武雄一掌将猎人打死了。

自从这件惨事发生后，人们便把武雄称为"武尊的杀人熊"。大伙儿对它闻之色变，尽力避开它，假如在雪地上发现它的足迹，村民们就会情不自禁地浑身起鸡皮疙瘩。

之后的三年，一大帮猎人从藤原、片品、川场、水上等地纷纷聚集而来，都为追捕这只"杀人熊"，甚至还有不少功夫了得的猎人专程从遥远的福岛赶来参加围猎呢！

武雄为了保护自己，避开猎人和猎犬的追踪，躲到了极其险峻的武尊山岩壁一带。而这时的武雄越长越大，甚至超过了之前的老熊王。它的性情也越来越残暴，山林中已经没有其他熊敢与它抗衡。

"起码有两百三十公斤！"猎人们看到它的足印之后这样说道。

武雄成了武尊群山新的熊王。

藤原村的猎人独眼龙一心想捕获这只熊王，他对其他熊已经毫无兴趣，全部精力都用在追踪和猎杀武雄身上。

第八年的春天，独眼龙终于在奥武尊山的山顶附近发现了武雄的身影。他居高俯瞰，只见在下方由岩壁围起来、像只锅子似的巨岩上，"武尊之王"正躺在雪原上。

"等着吧，这下你成了瓮中之鳖啦！"

独眼龙背着猎枪，从绝壁唯一的缺口处攀爬下去，来到雪原上。

没有熊能够从这四周都是绝壁的雪原上翻过去。"武尊之王"果然成了瓮中之鳖。

奇怪的是，独眼龙却没有看到武雄。难道"武尊之王"不知什么时候已经攀上绝壁，正居高临下地注视着自己的一举一动？想到这里，独眼龙不禁冒了一身冷汗，他赶快转身向上攀爬。

这时，他看到了"武尊之王"的身影。武雄正在山脊上慢悠悠地踱着步，显得很小。

追不上，就开枪！这是从独眼龙的祖父那一代就传授下来的要诀。

于是，独眼龙从一片针叶林后射出一枪。子弹并没有击中武雄。

砰！枪声在山中回荡，"砰——砰——砰——砰——"变成几个声音的交响。

听到枪声，武雄停住脚步，回过头，它在辨别枪声是从哪里传来的。

独眼龙没有动，他要静等武雄朝自己这边走过来。"武尊之王"慢悠悠地在雪原上行走，它在一步一步返回。它看上去是那样魁梧、健壮、美丽。

"打死它真的太可惜了……"独眼龙心里这样想着，可他还是朝走近的武雄射出了第二枪。

"武尊之王"倒下了。

等走到断了气的熊王身边，独眼龙不由得倒抽一口冷气：只见熊王的脖颈上套着铁链。他这才明白：这正是自己捕获并卖掉的熊兄妹中的武雄。

"原来是这样……原来是这样……"

独眼龙感到心中有股说不出的滋味。

武雄的尸骸被独眼龙的朋友们运送到温泉旅馆。掌柜将它买下来，并制成了标本。

"真是个不幸的家伙啊！"旅馆掌柜为它感到难过。

妻子在武雄的枕边放置了花林糖和牛奶。

可不知尊子心里是怎么想的，它拿起那瓶牛奶，仰起头喝了个痛快，对武雄的尸骸却不闻不顾。

莫非它已经把武雄忘记了？

见此情形，掌柜不由得陷入了沉思：武雄和尊子，到底哪个更幸福呢？

（康健儿　译）

野猪孤儿

牧铃

遭遇猛兽

十五岁那年，我在牧场管理着一小群奶牛。有一段时间，因为牛奶在市区销路不畅，我也承担了推销任务，每天上午翻山越岭走上十来公里将一担鲜牛奶送往矿区。

牧犬傀儡总是兴高采烈地走在我的前面。

我外出的这半天，奶牛群必须托付给别人照顾，因为担心傀儡被别的牧犬欺负，我就让它跟着我。

来牧场大半年了，这条曾经当过马戏团演员的短腿狗性格却没有多大改变。它还是那么幼稚、莽撞，不懂得设防，而且永远乐于找人家当它的表演搭档。

进入晚秋，晴天的清晨出现了霜，雨后山道上到处都是泥泞，增加了挑担行走的难度。寒冬即将来临，野兽们为了储存体内的脂肪，都开始积极觅食，活动愈加频繁。此时，傀儡这个吵吵闹闹的跟班，对于我来说尤为重要。

"嗷汪！嗷汪！"它热情洋溢的吠叫声时不时在草木丛中响起，在寂静的山间激起远远近近的回声。这或许是它向藏匿起来觅食的山鸡野鸽、獾貂鼬兔们发出的好心邀请吧，可是大山中的飞禽走兽谁敢相信一条家犬呢？它的邀请，与驱赶难以区分。碰上这种情况，我唯有使劲敲响镔铁奶桶，以免跟受它驱逐迎面逃来的野东西"撞车"。

我不得不小心提防着，因为就在前些日子，傀儡从茅草丛中赶出的竟是一窝野猪！

眼看着那群长着长嘴獠牙的野兽稀里哗啦地横穿小道，我顿时惊出一身冷汗。幸好那一家子比我更胆小，我刚敲响奶桶，它们就吓得撅起小尾巴冲上了山脊防火线，朝另一侧的林子飞奔而下。

傀儡装腔作势地还要追赶，被我喝住了。

傻东西真是冒失到家啦！它咋就不想想，万一为首的那头大野猪奋起反击，它能经受住人家一记冲撞吗！

被喝住的傀儡对着猪群消失的方向望了又望——遇到这么多好搭档，却不能排练节目，它一定抱憾不已。这位马戏团演员便更加热心地寻找搭档，继续在山道上制造出一幕幕闹剧和层出不穷的惊险画面。

我丝毫不敢大意，只要听到傀儡不寻常的叫声，便立即掏出打火机，随时打算点燃专为吓唬野兽而准备的爆竹。

一个细雨蒙蒙的早晨，我挑着三十公斤重的牛奶走在湿滑的坡道上。

空山不见人。往日在路边林子里啁啾喧哗的小鸟，都被骤降的毛毛雨赶得躲藏起来。这种天气遭遇野兽的概率小些，我的精神自然而然地松懈了。

傀儡跟平日一样活跃。这精力过剩的家伙在草丛里弄湿了一身毛，为了御寒，折腾得更起劲了。

前方陡坡下，山道正中忽然多了一块灰不溜丢的大石头。

我怀疑自己眼花了，于是用手抹掉了睫毛上的水珠，发现那儿有一头比初生牛犊还高的大野猪！它背对我们，一动不动地端坐着。野猪背上被沾湿的粗毛闪着水光，极像披了一件棕色的蓑衣。

野猪听觉灵敏，老远听到人声犬吠就会躲避。不肯让路的，无非两种情况：被窝弓火铳打中了要害，挣扎不动了；受了轻伤却窝着一股邪火，守候在此执意找人拼命。后面这类惊悚故事我不知听到过多少，猝然与之狭路相逢，我脑瓜里禁不住嗡的一声，浑身肌肉都绷紧了。

我条件反射般地掏出打火机，正要点燃一枚大爆竹，但猛地一下醒悟过来——倘若大野猪恰恰是被火铳所伤，爆炸声岂不是更加激发它反抗的冲动？

惹不起，我们还是躲吧。我从旁边绕过去。

绕道不难，往回走不足百米，有一条我回程时必经的穿林小路。从林中穿越准会弄湿衣裤，但比起与大野猪擦肩而过的惊悚，那简直是太舒服了。只是要当心点儿，别弄出大声响，以免惊动了那头被伤痛撩拨得心烦气躁的野兽。

"傀儡，过来！"我悄声招呼急欲冲下坡去的胖狗儿。

不知是没听清还是误解了我的命令，傀儡反而加快了速度向下冲去。眨眼工夫，它就像在牧场上撩拨牛犊子一样，直接扑上野猪黑不溜丢的脊背。

受惊的野猪一跃而起，挺脖仰头，随后就听到短腿狗儿一声惊叫，腾空冲向左侧的山坡。紧接着，大野猪那张受了伤的丑脸从山道上闪过，气势汹汹地冲向傀儡所在的山坡。

"嗷！嗷！汪汪！"傀儡带着一串尖吠声逃向远方。

在密林的遮挡下我什么也看不见，只能凭那瞬间印象，感觉到狂怒的伤猪正不顾一切地追杀牧犬——那头野兽呼呼地喘息着，充血的小眼珠凶光毕露；而傀儡遭受了那一记凶猛的撞击，怎么也跑不快了……

嗷嗷的犬吠声沉入雨雾弥漫的深谷，我如同从噩梦中惊醒，全然不顾脚下坡陡路滑，加快速度直奔而下。

野猪蹲坐过的地方留下一大摊血污，还落下不少粗黑的鬃毛……这东西看来伤得不轻。

但由于力量悬殊，重伤后还能奔跑的大野猪要打败傀儡易如反掌！

我从血渍上踏过，一口气奔走了十来分钟。跑进一个石头砌的古凉亭后，我将两个奶桶提到石凳上安放好，抽出了扁担当武器，又掏出打火机和大爆竹，捏在另一只手里。

就算再危险，我也得回去助傀儡一臂之力。

我刚跑出百十米，只见傀儡从路边灌木丛里钻了出来。它身上不见伤，只是浑身的湿毛乱得不成样子。看到我，它张嘴喘息着，默不作声地领着我往回跑。

为引开野猪，这狗儿不知冒了多大的风险，此时竟然懂得逃避那个大家伙的追杀了。从一头怒气冲冲的大野猪的追杀下逃脱，无异于到鬼门关走了一遭。死里逃生的经历使这个"狗顽童"似乎清醒了几分。

它一路沉默着，就连路边蹿出的竹鸡都没能惹得它重拾"童心"，它只顾专心赶路，步子又轻又快。

进了石凉亭，我招呼傀儡坐下歇歇。它拒绝了，嘴里咿咿呜呜，不安地绕着我转，像是警告我还没脱离危险。

那就继续赶路吧！我仍捏着打火机，挑上奶桶，大步跟上傀儡。

一面走，我一面惦记着那头受了伤的大野猪的事儿。野猪多半有固定的活动范围，受伤的大野猪更不会远离住处。也就是说，今后在这条路上，我们再次遇上这家伙的概率非常大。

为了安全起见，途经一个山村时，我把发现伤猪的情况告诉了住在那儿的山民。随即有几位青年取来火铳，吆喝了一条大白狗，跟上一位扛虎叉的老汉，兴冲冲地奔赴积雾的山坑。

翻越前面的山头时，我听到了远处的狗叫声。良久，一轻一重两声火铳的爆响传来，紧跟着又响了两声。

后面那两声小得像是回声。我再侧耳倾听，耳朵却被山风摇落树冠积雨的哗哗声灌满，再也听不到人声、犬吠声。

浓云又笼罩下来。因为担心下大雨，我一路上再没减速。傀儡沉闷的样子一直保持到了下山进入矿区。

与强敌短兵相接的遭遇会不会把它给吓破胆？后来我发现是我想多了，因为刚跑过山脚的公路桥，傀儡立即恢复了往日的兴奋劲，熟门熟路地直奔矿区医院……

回程中路过山村时，恐吓过我们的大野猪已经被吊在了一个孤立的石头门框上。

"汪汪！"傀儡发出感叹。它可以凭气味辨认出这是两个小时前追咬过它的大野猪，但它偏偏冲着两个操刀的猎人吼叫不已，那神态不像是幸灾乐祸，倒显露出几分伤感和激愤。

白毛大猎狗低吼着逼近，我连忙喝退傀儡。

那些人认出了我，操起锄头赶开白狗，又七嘴八舌地讲了好些感激的话。他们说这头母野猪一再毁坏庄稼，前天被打伤后更是变本加厉，咬死过一条猎狗，还伤害过人畜。今天倘若不是被我发现，一时半刻真不知该到哪儿去搜捕！

"野猪不是成群活动吗？怎么这儿只有一头母野猪？"我问道。

老猎人解释，母野猪要产崽就得离群独处，等两个月后，小猪能跑能觅食，它们再回猪群。不过，这窝猪崽前天就被一锅端了，今儿母野猪又被干掉了，谁也回不了猪群啦。

说起终于除去一大祸害，山民们都十分开心。

然后老猎人指挥操刀者割下一大块肉，要送给我。我谢绝了，只接受了几小块带骨头的瘦肉，拿稻草穿起来挂在扁担头，准备回去煨熟了犒赏傀儡。

我希望狗儿从此分清敌友，别再像先前那样糊里糊涂地亲近野兽，自讨苦吃。

离开了那里之后，傀儡又恢复了活泼欢快的样子。路过早上遭遇野猪的地方，它用鼻子贴着地面嗅了好一阵，煞有介事地跑回来向我报告，再陪我一起走过那儿，倒像担心我害怕似的。

废弃野猪窝里的新发现

雨过天晴，远山的景致别有一番风味。

点缀常青林的红叶差不多落尽了，只剩下一簇簇铁青或银白色的枝干，赤裸裸地直刺蓝天。山雀们忙着采食枝头鲜红灿黄的残果，一只肚皮橘红的伯劳为跟喜鹊争食大打出手，果子从树上滚落到我身边铺满落叶的干沟里。两三只白脖鸦在一旁拍打翼翎鼓劲加油，一副唯恐天下不乱的无赖相。

傀儡冲了过去。哗！几只大鸟一齐飞走了。

今天特别顺利，我挑来的鲜奶卖个精光。回程时一身轻松，我也像傀儡一样贪玩爱跑。

途经一片向南的山坡时，傀儡大呼小叫着把我引到离小道二三百米远的一片松林里。地面齐腰高的茅草被蹚倒，形成几条不规则的路。顺这条路再往前走，一丛五彩斑斓的植物出现在眼前，这让我心头一惊。

啊，这儿有一大片南竹和幼松被砍倒了。色彩庞杂的枝叶被垒在凹陷处，搭成了一个窝棚的雏形。而让傀儡惊叫不已的，是窝棚黑咕隆咚的门洞。搭建得如此草率，这棚子是用来干什么的？

我撂下空铁桶，好奇地走近打量。忽然，我发现那些枝丫的断开处都乱七八糟的，不是刀斩斧斫的，倒像是被什么东西用牙齿啃咬后，再以蛮力压折的。

我该不是误闯了野猪窝吧？

早听说过，大山里的母野猪会为将要出生的儿女搭建遮阳避雨的育儿房。护崽的母野猪必定凶猛异常……想到这，我的身子整个儿凉了半截。

"傀儡！"我轻声喊，"回来！"

傀儡冲我摇摇尾巴，站在原地不动，叫得更起劲了。

黑门洞里没有一丝动静。按那位老猎人的说法，产崽母野猪必定离群索居，我在这儿不会遭遇猪群。可是母野猪该守卫在里面……也许，母野猪这会儿还没回窝。不管怎样，我也不能让傀儡拽着我做无谓的冒险了！我攀住枝枝丫丫艰难地绕过去，想把傀儡拉回来。

傀儡却一闪身进了门洞。

我没拉住它，只得硬着头皮弯腰钻了进去。

里面什么都没有。阳光透过枝叶缝隙，向铺满松针杂草的地面投出点点光斑。松脂发酵的酒香味儿里，掺杂着野兽的体味。洞内的一角，还散落着粗黑的猪鬃。

我估计的没错，这儿的确是野猪的育儿房，只不过……

傀儡对着角落叫嚣不已。地面洒着斑斑血迹，还有几块小猪的蹄甲，一切都表明这儿曾发生过血案——一窝儿小野猪在出生地惨遭屠杀。

凶手是红豺还是老豹？也可能是猎狗……

一根被熏黑的粗木桩上残留着硝烟味儿。啊，我明白了！被猎人捕获的那头野猪就是这个窝棚的建造者。山民曾说，三天前一窝野猪崽遭到猎人、猎狗的偷袭，愤怒的野猪妈妈杀死了一条猎狗后带伤突围，儿女无一幸免。

"别叫啦，傀儡！"我们见证了一场灾难，却无法为小猪崽讨回公道。在人类面前，野兽原本就无公道可言……

"走吧，该赶路了。"

傀儡叫得愈加激烈。它扒开一些细脆的枯枝后，那里面传出嚓嚓声，有个东西在朝内退缩。

傀儡又向里冲了一下，里面的东西吱的一声尖叫起来。

我喝开傀儡，看到一头一个劲儿退缩的小猪崽。它的臀部已抵上崖壁，无路可退了。

可怜的野猪孤儿！

我不顾它的反抗，伸手把它揪出来。小东西不过半只野兔那么长，瘦得皮包骨头。如果昨天被杀的是它的母亲，那它至少饿了三天了。

这里的野猪大多数每年只生一窝，但如果食物特别充足，或者"春崽"夭折，母野猪会再次受孕，产下"秋崽"。在温暖的南方山区，只要不被天敌侵扰，野猪育崽越冬并不太难。

这头母猪的努力却落空了，它费尽心机搭建的育儿房遭劫，生下的一窝秋崽与它先后罹难，只有这么个小不点儿存活下来……

很难想象小猪崽是怎样脱险的。我只能猜测它是这窝猪崽中特别机灵的一个。我决定要养它。

回到小路上，我解下一根鞋带，把小野猪的后腿缚住，再撅了两片野棕叶，将手指般张开的叶脉一对对相连打结，一只通风透气的网兜就做成了。然后，我把小野猪装进去，挂在扁担的另一端。

小野猪一路哼哼唧唧。傀儡绕着我前后蹦跳，对它的俘虏表现出无比浓厚的兴趣。我急于回去给小东西喂食，专抄近路往回赶。

我用一只大号兽用注射器代替奶瓶，小野猪饥不择食地喝下第一顿牛奶后，躺进我放在床底下的木抽屉里睡着了。傀儡三番五次地进房寻找，想把它带出去玩儿。我赶走傀儡，锁上房门，好让小野猪安安稳稳地睡觉，恢复元气。

下午和入睡前我都给小野猪喂鲜奶。

马灯下，小东西睁着小眼瞪着我，唔呀嘟呀地抱怨着，总不肯好好叼住注射器。我没工夫理它，用力按压注射器的活塞，把牛奶射进它的嘴里。小猪崽被迫咕咚咕咚大口吞咽。我乘胜追击，连灌了它两小碗。

吃饱的猪崽显得精神些了。它是一只漂亮的小花猪，毛呈浅棕红色，背上还有几道深棕红色的纵纹，粉红的鼻子前端，长着几个豆大的黑斑。

现在我更确信它就是那头野猪的儿子，它的母亲因我的"告密"被山民们捕杀。而我之所以出卖野猪完全出于胆怯，害怕下一次再在山道上与之狭路相逢。倘若不是那样，母野猪现在很可能已经找到这仅存的儿子，率领小东西闯荡山林了……

"也不一定吧。"我在心里为自己辩解。母野猪淌了那么多血，就算我不向猎人透露它的行踪，它也活不了几天。它的那些天敌：金钱豹，还有四处觅食的红豺群会利用这个机会轻轻松松地把它吃掉。从它的育儿房被猎人、猎犬发现的那一刻起，这一家子就注定要成为牺牲品……

仅存的野猪崽能支撑到被我们找到，已属万幸！

"嘎，咔！咔！"傀儡在外边挠门。它是发现小猪的功臣。因为它爱管闲事，我才会绕到那个窝棚前；因为它冒险钻入，我才有胆量跟着进去搜索。我打开门放狗儿进来，傀儡走到破抽屉边坐下。看着我给小猪抹香皂、理毛，它伸出舌头来帮忙，还去拱小猪的鼻子，想把那昏昏欲睡的小东西唤醒。

小猪却打起了呼噜。我拿稻草盖好抽屉，打开房门。

"去！"我对傀儡下令。

胖狗儿又朝抽屉看了看，不情愿地走回它狗洞边的"哨位"。

内疚使我照顾小野猪时更加尽心尽力。因为担心猪崽摔出抽屉，我找来一只旧兔笼，用铁丝把它悬吊在牛栏一端的窗台下，给它当卧室。

傀儡跟我一样关心猪崽，一有空就往那边跑。

两天后，我看出它对野猪崽的关注已经掺入了嫉妒的成分。我拿注射器给小猪灌奶时，它竟然愤愤不平地冲着小野猪吼叫。我拍拍它的脑袋，动手舀开水泡饲料喂牛。

傀儡不怀好意地绕着兔笼转。我赶走它两次，它又溜到了那儿。我没工夫跟它磨，开始动手挤奶。猛听到小野猪尖叫，我一抬头，只见傀儡在窗台下踮足昂头，从兔笼底下咬住了小野猪从间隙中伸出的小尾巴。

嫉妒竟使向来能与朋友和睦相处的马戏演员变得如此小肚鸡肠，还玩起了阴招！我停止挤奶，霍地站起。

知道我生气了，傀儡夹着尾巴从后门的狗洞溜了出去。

牛栏里添了一位活跃的食客

根据小野猪的毛色，每天上午替我照顾牛群的牧工给它取了个名儿：火驹。

充足的营养和精心的照料，使小野猪火驹一天天恢复健康，逐渐壮实起来。它现在食量大得惊人。不知道人家上午给它喂几顿，反正我每天中午回来完成挤奶、放牛出栏的工作后开始打扫时，这家伙就扯着唢呐般的尖嗓，闹着要吃了。

这天我实在太忙，没工夫理它，任它在兔笼里连冲带跳。兔笼纤细的篾底板经不起它的折腾，哗的一声塌下来。火驹摔到了地上。"嘟，嘟。"它哼哼着，撅起小尾巴，朝墙根那儿一字儿排开的几只奶桶走去。

我连忙中止打扫，把它拎起来关进关着小牛的牛栏，往槽里倒了些隔夜的酸奶。

它不闹了，吧嗒吧嗒，连同食槽底上沉积的麦麸（fū）

一起吃了个痛快。原来它早就能嚼食了，可我还拿它当"奶娃儿"喂着。我这才知道小野猪的生存能力比"一月（吃）奶，二月（喂）粥"的家猪崽子要强得多。

我继续干活。火驹吃饱了，趴在给牛犊子垫窝的干草堆里呼呼大睡。草堆里充满浓烈的牛犊子气味，它满不在乎，看来杂食的野猪在提防异类这方面远不及猫和狗那么谨慎。当然，也可能是小东西尚不懂处世之道，全无"防人之心"。

因为担心它睡醒再跑出来捣蛋，下午放牧之前，我往食槽里舀了一瓢泡熟的精饲料。

从这个下午起，小野猪就跟牛犊子同吃同住了。

牛犊们很宽容地接纳了这个"小朋友"。野猪崽钻在牛脚下跟它们争食，嘴里嘟儿嘟儿地叫着，声音比谁都响。

我暂时还不能让它跟牛犊子一道去草场，因为担心它走失。这么个小不点儿，回到荒野根本活不下去。因此，第二天一早，我赶在替班牧工到来之前就拿绳索把它拴了起来。野猪崽太滑，刚缚上，嘟一下就挣脱了。我想了想，将绳子绕过它的一只前脚。它挣了几次没有挣开，于是不耐烦了，索性掉头啃咬绳索。

一会儿工夫，绳索又拖到了地上。

"嘟——"重获自由的小猪崽向我示威，那凶狠劲儿仿佛在说："还有什么伎俩，使出来吧！"

我从仓库翻出一块旧门板，把火驹挡到三角形小牛栏的一角。它愤怒地抗议着，拼命跟门板抗争。我毫不心软，手脚并用，将门板强行推进并靠上两端墙壁，形成一个牢固的小三角，我又拿粗木头顶住。

傀儡前肢搭在门板上，满意地看着这个与它争宠的小东西接受惩罚。汪汪！它冲小野猪叫了两声。

小野猪翻起发红的眼珠，又怕又恨地盯着木栅栏外的狗，暂且安静下来。

中午，我撤去木门板，让小野猪跟牛犊子一道，吃掺了牛奶调成稀糊状的精饲料。

火驹又显出它那小野兽的霸气，喧宾夺主，尖声怪叫，挤开牛脑袋，跟小牛们抢食。牛犊们颇有绅士风度地退让开，用力过猛的野猪崽便整个儿扑进了食槽。

"嘟哇——"热糊糊烫得它大喊一声，并跳了起来，它撞开拦路的小牛腿，退到一边，火急火燎地去舔被烫的前肢。但它只消停了片刻，又尖叫着向食槽发起了新一轮冲击……

一日三餐进食，本是牛栏里最安静的时刻，只能听到牛舌舔刮水泥食槽的沙沙声。添了火驹这位食客后，如同增加了一支乐队，随时可能奏响唢呐般高亢的旋律。

"大人大量"的牛犊们对此不予计较，但傀儡可受不了啦。它气呼呼地冲过去，隔着栅栏汪汪叫。火驹跟它尖声对抗，独奏变成了双声部合奏，牛栏里的吵闹声又上了一个台阶。

"你该把它拴住。"看到小野猪争食时那凶巴巴的形象，一日三趟骑着三轮车来装鲜奶的司机小张建议道。

"拴过，根本拴不住！"我叫苦不迭。

"不是用绳。你得拿铁丝给它穿一个耳环——山里人喂养家猪时都这么干，省心省事。"

这法子或许行，但我没有实施。我不愿意让它挨痛，更担心铁丝把细菌带进它的血液。

我不忍心给火驹穿耳环，所以小牛们进食时还得忍受它的侵扰。没关系，牛犊子天性柔弱，安排这个"反面教材"，让它们接受点基本的生存斗争训练，未见得不是好事。

傀儡继续过着跟火驹明争暗斗的生活。

野猪崽对狗没有先前那么敬畏了，它随时敢用叫嚷反抗傀儡。这些日子它长得飞快，棕红的毛色开始变淡、转青，可大伙仍然叫它"火驹"，因为我们发现野猪崽对这个称呼有了积极的反应。每当它折腾得太过火，一声"火驹"就能让它收敛点儿。

但收敛只是暂时的，片刻之后，它可能捣蛋得更厉害。

某一天，我照常拿门板挡开它，好放小牛出栏。不甘心受囚禁的小野猪竟凭借强劲的后肢越过门板，又跳过了关牛犊子的矮栅栏，混入小牛的队伍。

傀儡极力想阻止野猪崽的"不法行为"，但它的追逐起了相反的作用。小野猪一闪身躲过它，冲撞开几头小牛，钻到了大牛群的脚下。

它会被牛蹄踏成肉饼的！

我担心地追出去，想把它逮回来。

可是火驹太灵活了。母牛虽然麻木，下脚却十分小心，谁也没踩着它。野猪崽就用牛作掩护，在牛脚的"森林"里穿梭。我和傀儡对它无可奈何。

一会儿，它竟钻到公牛脚下。大公牛感觉脚下有个东西，停下来低头寻找。

"嘟，嘟！"小野猪回应着。昂起脑袋凑近牛头，在公牛的大鼻子上舔了一把。

"呜——呼！"公牛感觉小野猪不会对小牛造成威胁，呼了口气，继续率队前进。小野猪"嘟——嘟"地吹响"喇叭"，跑在大公牛的左侧。这就意味着奶牛的大块头首领接受小野猪成为牛群的一员了。

由着它们吧。牛栏里有暖窝美食在等待，小野猪再野，也不会一去不回的。

我停止了追赶。傀儡却妒火中烧，咆哮着冒险穿过牛群追了上去。我想以傀儡善良的天性，再嫉妒都不至于伤害小野猪。

果然，追上了公牛的傀儡只是挤到公牛和野猪崽之间，以此表明，只有它有资格充当大公牛的"副官"。

"嘟！"小野猪不满地绕到公牛右侧。

傀儡不客气地逼过来，仍然把它挤开。于是野猪崽只得再朝公牛的另一边靠。

我被它们惹得哈哈大笑——见过动物在人类面前争宠，没见过不同动物之间为争当首领"副官"而争抢不休的！

下午收牧时我没看见火驹。傀儡若无其事地跟公牛一左一右地赶着牛群往回走。"火驹呢？"我拦住它问。

傀儡冲我摇摇尾巴。

我让它们赶牛回去，自己留在后头吆喝着寻了一程。可我始终没有看到火驹的踪影，暮色渐渐沉下来，我得回去干活了。

喂过牛，做好了挤奶准备，我看离挤奶时间还有一个小时，便叫上傀儡，锁上牛栏门又返回了草场。

开始下霜了。山风刮在身上，寒气逼人。我们顺着白天牛群走过的路一圈圈寻找着。傀儡默不作声地跟着我，显得十分被动。它还不知道我带它出来干啥。这可不行，没有狗鼻子引路，要在这么大一片山野上找回一头跑丢的小猪崽，简直如同大海捞针。

我蹲下来，揪住了傀儡的项圈。

"我们要找火驹——知道不？"我努力使它明白，"火驹——猪猪，嘟，嘟……懂了吗？"

傀儡摇摇尾巴。这可以表示"明白"，也可以表示"不懂"；可以表示它能找到，也可能表示它不在乎……

我急了，伸手给了它一巴掌："快，一定要找到——嘟，猪猪——"

傀儡低着头走开了。在电筒光柱里，我看它使劲儿翕动着鼻翼，然后朝远离草场的方向撒开了胖腿。

我心里燃起了一线希望。寻了这么久，它终于转为主动。眨眼间傀儡跑出了我的视野。

不一会儿，从它消失的林子那边传来了它的吠叫声。我拨开拦路的枝枝丫丫踏着草稞跑过去。嗬，它真找到了！

小野猪的一条后腿被山里人用来捕野兽的"扳弓套索"牢牢拴住，弹直的枝条把它悬吊在空中。勉强着地的前肢使不上劲，没法掉头啃咬绳索，于是它陷入了空前的狼狈境地。

幸好安装猎具的人未能及时赶到，这个俘虏才坚持到了此刻！我替火驹解开绳套。它睁圆小眼盯着站在一旁的狗儿，那模样既怕又恨。

归途中傀儡依旧闷着头在前面带路。

我疑心小野猪是被它追赶，才脱离牛群独自儿跑出这么远的。傀儡早知道火驹在这儿，出于嫉妒，它故意装傻……

永远处于饥饿状态

也许傀儡的内心不像我想象的那么复杂、那么阴暗。经过这次事件，它像是明白了小野猪在我心中的分量。从此小野猪再没有丢失过，而且每天我都看到傀儡跟小野猪在一起。它不嫌麻烦地前堵后赶，督促着那个嘟嘟叫的"调皮蛋"赶上牛犊子。

争取到了牧群一员的正当权利，又不再被傀儡驱赶、欺凌，野猪崽火驹成了与公牛、牧犬有同等权利的"自由公民"。它白天随牛群漫山游荡，夜里追着傀儡出入狗洞，在牛栏内外巡视——说是巡视，说白了是寻食。

成了夜巡伙伴之后，傀儡对野猪崽没那么严厉了，但它绝不允许小野猪进入饲料仓内。这点坚持十分必要。小野猪眼下体重超过十公斤了。要让它进了饲料仓，不知要把里面糟蹋成怎样恐怖的程度。

火驹却非要四处游荡。我只好每夜封锁饲料仓，又安排它们两个一起睡到小牛栏里，挤在门板挡出的一角。

它们在里面睡过一觉之后又不安分了。

傀儡听到风吹草动，必定出去看个究竟。野猪崽被惊醒了，也吧嗒一声跳出栅栏。它不太愿意跟傀儡去钻狗洞。超强的消化能力迫使它调动了一切感官寻找食物。

偏偏饲料仓的门关严了，实在遗憾，野猪崽便跳进母牛们的食槽，寻找一切可供充饥的残糠剩料。

沉浸于睡梦或反刍中的奶牛不屑于跟它计较，火驹便沿着长长的水泥槽，吧嗒吧嗒一路清理过去，把食槽舔得如同用清水洗过一样干净。

仅仅填塞肚子并不能使它满足，火驹还想找到更可口的美味。

转了一圈后，它居然发现了一个秘密——处于产奶高峰期的母牛还没到挤奶时间，乳房就胀得难受，为减轻胀痛，它们用肌肉发达的后腿使劲儿挤压膨胀的乳房。母牛们经过反复的努力，多少有些乳汁泌出，它们能感觉舒服点儿。

明白了美味的牛奶是从这儿生产的，火驹开始不懈地侦察，发现哪头母牛漏乳，立即上前大饱口福。

这件事让忠于职守的傀儡看到，它当然不肯通融，总要大声制止。被它们吵醒后，我担心小野猪会咬伤母牛的奶头，所以我少不了通过住房与牛栏间的监视孔监督。

在傀儡的教育下，火驹大概也明白了这么干违反了人类制定的规矩，电筒光一闪，它立即逃回小牛栏。我关闭手电，借着窗外透入的月光继续监视。

小野猪又跳了出来。四面瞧瞧，没看到傀儡，它走近一头高产的母牛。我看清了，它只是在地面舔食，并未触及母牛身体。

傀儡咋不叫啦，它出去了吗?

啊，它也在舔，在另一头母牛身边舔着在地面流淌的乳汁！它对小野猪的拦阻仍然是出于嫉妒，拦阻无效，它自己也干起了这种勾当。或许，早在火驹到来之前，它已经是精于此道的高手。因为狗的行动不像野猪崽那么声势浩大，才没有被我发现。

两个小贼忙着争食，暂时相安无事了，我又沉沉睡去。第一次挤奶的时间是凌晨四点，哪怕只能多睡一分钟，我也舍不得浪费。

出于卫生考虑，手工挤奶时，每头牛每只奶头挤出的第一遍奶，都必须弃之于地。以前，第一遍奶的所有权统统归傀儡时，它对此并不热心，出于礼貌，才勉强舔上几口。而现在，有个噘嘴的小伙伴跟它争夺这项权利，傀儡变得十分小气，寸利必得。

于是每一把射向地面的热奶都会引起它们两个激烈竞争。

傀儡习惯以喉音威胁，火驹则没工夫斗嘴皮子。它全力以赴，大舔特舔。我疑心野猪崽把鼻孔也用上了，因为它清理地面上的牛奶的速度比傀儡要快几倍，像吸尘器似的。眨眼之间，水泥地上只剩下湿渍。

它们又守在下一头待挤奶的母牛身后，专心准备投入下一场争夺战。如果那头母牛还快快不乐地睡在那儿，傀儡和火驹就会争着把它拱醒，逼迫它站起来，等候我去挤奶。

于是原本安安静静的挤奶过程，也在这一对儿的争抢不休中热闹起来，而且愈演愈烈。有时我还没起床，就听到牛栏那边乱成一团——两个捣蛋鬼把所有的母牛都逼着站起来了！

这不光影响到我和牛的休息，更严重的是两个自以为是的家伙破坏了牛群的秩序，如不及时制止，将来没准儿弄出新花样，奶牛们就甭想睡了！

我跑过去，抢起一根纤细的竹条对着小野猪抽了几鞭子，它吓得跳过栅栏，逃到牛犊子的脚下，好半天都不敢再出来。

我没有揍傀儡——不是偏袒。首先，规矩是火驹破坏的，仅仅出于妒忌，傀儡才当了帮凶；其次，傀儡聪明，一点就透，所谓响鼓不用重槌敲。火驹生来就是皮糙肉厚的坯子，反应相对迟钝些，不揍痛它，它不大可能吸取教训。

如此整治一番之后，野猪崽不敢放肆了。它与傀儡的竞争，便止步于争食第一遍奶。

这无伤大雅，它们表演的这个"系列小品"，恰好为没睡足的我驱赶困意。

当火驹的个头长到傀儡那么大时，它的关注重心转移到了牧场上。

"嘟哇——"它吹响"冲锋号"，在牛群内外冲撞、嚼食，或是陪着傀儡满山奔跑，它们都是一副精力过剩的样子。这个全无心肝的野猪孤儿仿佛有着太多的快乐，需要通过叫喊、飞奔和斗殴来发泄。

它一定不记得它的母亲和惨遭屠杀的兄弟姐妹了。

这正是我所希望的。小时候看郑板桥题写的"难得糊涂"，我总是不明白其中的深意，认识了今天的小野猪，我相信自己懂得一点点了——对火驹来说，它"全无心肝"的糊涂劲，不正是快乐之源吗？

胆大了，闯荡范围宽了，火驹开始跟危险打上交道。有一天，我刚上草场就听到它吹响喇叭大声呼救。公牛闻声跑去，替它解了围。从草丛中跑回的小野猪身上带了伤，估计是猪獾之类的凶恶小兽留给它的。

对一个将要回归山林的野猪崽来说，这是一种必要的锻炼。我不去安抚它，甚至不给它涂抹碘酒。抗击打和抗病能力同样可以锻炼出来，以闯荡山林为生的野东西，还是让它多多调动自身的免疫细胞吧。

我不给它治，傀儡便使用了"包治百病"的舌头，替火驹舔伤口。

小野猪嘟儿嘟儿任胖狗儿为它"治疗"。

傀儡终于对它嫉妒的火驹也施以关爱了！我赶紧掏出速写本，把那个感人的场面偷偷画下来。

寒冬降临，白天越来越短，八小时一次的挤奶时间却不能变。赶牛回栏，见我特别关照那头小野猪，交班的牧工小陈照着小野猪屁股踹了一脚："这么多活儿还不够你忙活？非要弄个野东西来侍候……"

我说："你别虐待它，这东西是我和傀儡的宠物，大公牛的朋友。"

小陈听后就没再对火驹动粗。见我调好了饲料，他还拎着去帮我喂。小野猪尖声呐喊着，奋不顾身地跟牛犊子争开了。

不"争宠"时，傀儡与火驹相处良好。

快速成长的小野猪现在与胖狗儿势均力敌了，傀儡休想再将它扑翻。双方斗殴时火驹略占上风。但它一般不会主动攻击傀儡，它总在忙活着，忙着打猎、找吃的。

火驹不太喜欢吃草，除了嚼些树叶以及落地的某种果核和坚果，眼下它的主要活动是寻找"另类美食"：冬眠的小蛇、蚯蚓、蛴螬以及小地鼠。这些东西冬季都潜入地下，火驹便仗着它与生俱来的"嘴上功夫"，用长嘴慢慢地挖掘。

后来，我又发现它不是乱挖。出色的嗅觉甚至能帮它找到地下一米深处的潜伏者。然后它兴奋地哼哼着，开始了艰苦卓绝的翻耕土地的工作。

这本领令傀儡惊叹。好几次，我都看到傀儡站在一边，歪着头，出神地欣赏着异类伙伴的惊人绝技。

"嘟，嘟，嘟儿！"火驹唠叨着，使劲儿拱动土层。偶尔觉察到近处的动静，这位挖掘能手就会停下，长嘴直杵着地面，凝神倾听。

　　起初，我以为小野猪采取这姿势是为了休息时节省仰头所需的力量。但进一步观察，我发现它是在强化听力。这么干可以让地面传来的声波经由长嘴直接传入颅骨，再进入听觉器官，跟我们小时候玩军事游戏时把耳朵紧贴地面侦察敌方动静是同一个道理——固体传声更快。

　　鲁莽粗笨的野猪怎么懂这个？

　　未侦察到敌情，小野猪继续朝下挖掘。一会儿，它从土洞中扯出一条被冻得呆头呆脑的小蛇……

　　"嗨——嗷！"傀儡由衷叹服。

　　"嘟儿，嘟嘟！"火驹似乎发出邀请。但它只瞥了傀儡一眼便立刻警惕起来，叼着刚掘得的美食避开胖狗儿，钻进草丛深处。

　　向来不食生冷食物的马戏狗当然不屑于争抢那腥膻的东西。可出于好奇，傀儡还是追了过去。于是，小野猪抗议地尖叫着，跑得更远。

　　埋头啃草的公牛抬头朝这边望，看到草丛中傀儡高翘的尾梢，它决定不干涉这对小伙伴间的内部纠葛。这种情况非得我亲自出面调停不可。"够了，傀儡，玩笑别开得过分，让火驹独享它的劳动果实吧。"

　　被叫回的傀儡立即回到牧犬的角色之中。它跑向公牛鞭长莫及的另一侧，守住了几头牛犊。

　　另一边，狼吞虎咽吃下小蛇的野猪鼻子触地，又开始了新的搜索。

我不喜欢家犬茹毛饮血，却不能限制火驹杀生。在我这儿，火驹只是一个寄居的过客，一头不久就要回归荒野的野兽。等它再大点儿，有了抗击天敌的能力，我肯定要将它放回山林。它的所作所为，都必须遵循丛林法则。而猎取肉食，是杂食性的野猪未来生活的一项基本内容。

我无权阻挠。

平白无故地挨了刀子

傀儡与火驹的友谊与日俱增，它俩不光在一起玩、凑在一堆睡，傀儡好像还想训练火驹做它放牧的助手。它动身驱赶牛犊时总喜欢邀上火驹，火驹也乐意跟随它。

不过，这位助手跑到半路时往往自动弃权。不是追不上，而是一眨眼火驹又被什么野食给吸引过去了。对于它来说，悠悠万事，唯食为大，永远处于饥饿状态的野猪崽不愿放过任何一份"零食小吃"，哪怕那只是一只蜥蜴、一只躲在草根下的金龟子幼虫，它都愿意抛开一切，满怀热忱地投入到捕捉和挖掘中去。

那天我们从矿山送牛奶回来，火驹破天荒地没跑上山坡迎接。问近期帮我顶替上午班的牧工小陈，他说它可能躲在牛栏里睡觉吧。

这不正常啊，自从能跳出栅栏，小野猪几时大白天安安稳稳地在牛栏里待过？我们一起回到牛栏，火驹竟然真趴在干草窝里。见到我，它翻起小眼珠哼呀哼呀地嘟哝不已，像是要诉说什么。

"它病了？"

"没事儿，"推着自行车要走的小陈大大咧咧地说，"明儿就会好的……我把它给阉割啦。"

"啥，阉割？"我一把扯住了他的单车后架，"你疯了！拿手术当儿戏啊！"

"阉了有啥不好？"小陈咧嘴露出一个坏笑，"阉猪不捣蛋，长得快，否则，一辈子喂不肥。哦，对了，我还顺便给它穿了耳孔——用烧红的铁锥钻的，绝对无菌！过两天你就能拴上它了。"

我气呆了。

"喂，你不会为一场小小的手术跟我翻脸吧？"小陈说，"所有当肉猪喂的猪崽，不论雌雄，都得阉割。你连这个都不懂？"

"可我不是喂肥猪！我收下它，是要把它养大放回山林。"

"做梦！放回？你以为被人类娇惯过的它进了大山还有活路？"小陈重新支好自行车，正儿八经地给我上常识课，"没宰过猪你不懂，凡是吃牛奶拌食长大的猪崽都皮薄肉嫩，别说跟野兽干仗，就是树枝草茎，也能让它受伤！再说，这儿有吃有喝，它还肯走吗？我有经验的，喂懒了的东西，一辈子吃定你了。它们连寻食的本能都要退化掉——我收养过猸（méi）子[1]，收养过死了娘的鸟崽，长大了，打也

---

[1] 猸子：即鼬獾。

打不走，我只好把它们一个个煨熟吃了……"

"骗人！"我揪住他的胸襟，恨不得揍他一顿。

"要出气，你擂上几拳吧。"他像逗孩子似的说，"只要别打脸——我还没找媳妇儿呢，破了相可不行。"

干吗不打？我咬牙切齿，对准他的胸口一连擂了五六拳。拳头击打在他壮实的胸肌上，如同捶打着一只打足气的轮胎。他的脸上始终带着满不在乎的笑。

打过之后我冷静下来。事情已经发生了，就算打伤他，也无法挽回了。

"打够了？那我可要走啦，别后悔！"小陈嬉皮笑脸地说，蹬上自行车一侧的脚踏板，叮叮当当溜下坡道。

我急着去检查火驹的伤口。

该死的，那家伙完全按乡下劁（qiāo）猪匠的传统做法，冷水一抹了事，连碘酒都没涂！还有耳孔——那黄豆大的孔眼就在火驹耳根的外沿，被烧得漆黑，此时还散发出烤肉和烧毛的焦煳味儿。

因为担心感染，我拿来消毒药水给小野猪涂抹一番，又将消炎粉溶化在牛奶里喂它喝下，才动手打扫牧场。

火驹康复得还算快，第二天一早就正常进食了。

下午，野猪崽如常跟傀儡去了草场。第三天它就顽皮捣蛋、折腾打闹起来，与先前无异。小家伙并没有因为遭到小陈的暗算就失去对人类的信任。虽然它见小陈就躲，但看到我，还是跟往常一样又拱又舔，亲热得不得了。

牧工偶尔收养野猪崽、幼麂，都是为了养大了吃一顿野味。既然小陈认定火驹也是一堆好肉，那么再养大点儿，这头野猪终究难逃一劫。要是他们趁我不在把火驹宰了做烤肉怎么办？

越想越担心，我决定提前把火驹送走。

小陈的分析未必可信。在这儿生活了三个月的小野猪不是很活泼、很会觅食，而且特别向往自由吗？凭它这一段时间的表现，我断定火驹回归山林的时机接近成熟。就算不被别的野猪群收容，这精壮结实的野猪小伙也能独自谋生，活得潇洒滋润！

我找来一段红皮电线给火驹穿了个小小的耳环作记号，不光是为了给它留下点人间的痕迹，以便将来好相认，也是为了让某些敏感的天敌见了对它退避三舍。

火驹对这个耳饰却非常反感。它翻起眼珠，恨恨地瞅着在眼角余光中闪烁的红耳环，又甩头又打响鼻，一百个不情愿。

莫非它对红色过敏？我给它换了一段天蓝色的电线。野猪崽同样不高兴，不过它对这东西反应没那么激烈了。

行，就戴蓝耳环吧。

趁傀儡跟公牛"疯"得起劲，我躲过它们的视线，拿绳子绕过野猪崽的一条前腿，拴住胸脯，牵它进了林子。

小野猪没工夫咬绳，它拽着绳子跑在前面，不时停下来啃嚼什么，然后继续赶路。事实证明小陈错了——瞧火驹这兴高采烈的模样，它一定早盼望着回归山林。只要略加诱导，它很容易就能发掘出野兽的本能和灵性，找准自己在自然中的位置。

我们一口气翻越两座小山头，前方林子更密，飞禽走兽的身影也出现得更频繁。就将这儿作为它进军山林的起点吧。我解开绳子，野猪崽嗖地冲进大树下的灌木丛，追着一只小山鼠跑远了。

再见啦，火驹！你会长成一个野猪群的大王，或者一位丛林独行侠的！下次见面，只能凭耳环辨认了……

我慢慢退出那片林子，跑回我的牛群。

收牧时刮起了刺骨的风，今夜一定降温。进山的第一夜，火驹不会冻着吧？听猎人说，野猪怕冷，遇上天寒地冻，大野猪也会变得瘟头瘟脑，何况在牛栏里跟牛犊和傀儡挤惯了温暖草窝的火驹呢——忽然失去了朋友，孤独感和寒冷感是必不可少的。

但它终究得熬过这一关，只有这样才能激发它的生存本能。让风霜逼着它去寻找躲避寒冷的土洞、草窝未必不是好事……话虽这么说，赶着牛群回栏时，我还是朝送走火驹的方向望了又望。

傀儡呢？它怎么也不见了？

我大声呼唤傀儡。

"汪！"它在远处回答。山坡一侧出现它欢快的身影，它后面紧追着火驹。

多事的胖狗儿竟然费尽心思把我好不容易才送走的野猪崽找回来了。

"嘟嘟！"小野猪神气活现地对我喊。

我刚才的担心烟消云散。别怨傀儡多事，今晚的确太冷，索性等寒潮过后，再送火驹回山吧。

回归荒野就意味着投身战斗

这次送火驹入山，我特地挑了个阴天。大山的冬季，晴天早晚更冷，倒是浓云覆盖的阴雨天夜间温度高得多。我用双股棕绳拴住野猪崽，从另一条路把它送进了五里开外的山坑。

走到一片林间空地，我将绳子解下，绑住了它的一条后腿，再拴到一株小树的根部。我不怀疑它能凭自己的力量弄断这根特别加固的绳子，但它必须花费相当长的时间。经过一番忙碌，这个糊里糊涂的家伙也许会忘记温暖的牛舍，忘记回牧场的路。

绳子留出了足够的长度，火驹能够啃到空地边沿的野草，嚼食树上坠落的榛子和松果，能够掘耗子洞，甚至可以找到冬眠的蛇。最后，我还将带去的一包狗食分成几份，分别埋藏在离它不远的地方。这样，万一它逮不着活食，也有东西解馋充饥，它就不会急于去啃绳子了。

"嘟儿，嘟，嘟！"见我离去，火驹拽直了粗绳子冲着我喊。

我头也不回地快步走开，隐藏到一棵大树后面。

火驹的叫喊声停止了。我探头瞧瞧，嗬，它正卖力地挖掘一截干朽的树桩，米粒儿似的白点子撒了一地。火驹便吧嗒吧嗒将"米粒"连同泥土吃下去。那是白蚁！它又找到一种新的美味，眨眼就能把我忘了。

我放心地跑回去。

不料，等到天黑收牧时，它又跟着傀儡"嘟，嘟"地冲进了牧群。

又是傀儡把它找回来的！

自从那晚逼着傀儡寻找它一次后，马戏狗已经把小野猪当作牧群成员，视为自己保护的对象，只要没见到火驹，它会立即不辞辛劳地漫山寻找。在嗅觉的引导下，不论我送多远，傀儡也能找到火驹。

然后，两个伙伴齐心协力弄断了那根绳子。有经验丰富的马戏狗做示范，火驹用大板牙嚼烂那两股棕绳还不跟吃草一样简单吗？

眼看着天快要黑了，看来今天没辙了，先让它们回去再说吧。

然而，认准了找回小野猪是自己的神圣职责后，傀儡便把这项工作坚持做下去。火驹不可能逃过一条狗的嗅觉，即便我把它送得再远也无济于事。

我简直束手无策。

于是那个寒冬，群山环抱的小牧场上不断地重复上演着一场闹剧。参与演出的，无非是小野猪火驹、牧犬傀儡，以及我。剧情始终不变——我一心要把火驹遣返山林，那条在工作中培养出超强责任心的狗儿，却一而再，再而三，不辞辛劳地找到小野猪，把它领回来向我邀功。

仗着非凡的嗅觉，无论我把火驹送出多远，傀儡都能顺利找到并将它带回。最快的一次，我送走小野猪还不到半小时，它们就同时出现在我眼前——傀儡得意地摇着尾巴，火驹翻着小眼珠"嘟，嘟"地哼哼着，发泄它对我的不满。

我被两个小家伙弄得哭笑不得。

下一回，当傀儡吸溜着鼻子钻进林子时，我远远地跟上了它。我决定在狗儿找到火驹并打算把它领回之际给予适当的惩罚，好让它明白，我并不欣赏它的这一行为。

傀儡在林子里磨磨蹭蹭地搜索前行。

毛毛细雨里点缀着稀疏的雪片儿，气温急剧下降。逆着风向，专注于搜寻的狗儿很难觉察到我在盯梢。可今天它的嗅觉像是出了点问题。

在一棵枫树下停顿片刻后，它觉得找准了方向，果断地奔向右侧的溪谷。

没错，火驹正是待在前面不远处。一个小时前我瞒着傀儡把它送到这儿，它被落叶下的榛子给吸引住，赖着不肯走了。

我抖开长鞭。只等傀儡奔向火驹，我就立即以响鞭"伴奏"，大发雷霆，对聪明的傀儡来说，那绝对够得上最高级别的惩戒。

连片的榛子树下却不见小野猪的踪影。傀儡飞速向前，消失在一块滴着清泉的大石头后。

我听到它发出一声轻吠。但我依旧守在这儿，等傀儡领着火驹走过来再教训它，那样不仅能警告牧犬，还能吓跑小野猪，迫使它逃得更远。

随后响起的狂吠和厮斗声霎时打乱了我的计划。我走过巨石，一个意想不到的场面闯入眼帘：红豺！傀儡被几头红豺围住了！它身后是紧抵石壁站立的火驹。

流窜的豺狗子跟上了小野猪。可它们还没来得及下手，傀儡就匆匆赶到。以红豺对人类和家犬的敬畏，傀儡只需虚张声势地咆哮，即可制止红豺的暴行。但它偏偏傻不拉叽地冲了过去……

这使它和火驹同时陷入了包围圈。

我的出现使红豺们中止了攻击，几颗棕红色的脑袋一齐转向了我。

这帮家伙一律面无表情，微露獠牙，那神经质般颤抖着的腿股、深深凹陷的腹部，公然表达着对杀戮的渴望。

"别冲动，别紧张！"我告诫自己。因为担心引起豺狗的过激行为，我没有甩响鞭子，甚至没有呵斥。

"过来，傀儡。"我尽可能心平气和地说着，又向前走了两步。

一条背对着我的红豺迅速跳开，包围圈出现了缺口。傀儡和火驹却不敢冲过缺口向我靠拢，它们依旧保持着迎战的姿势。

红豺天性多疑。如果此时点着爆竹扔出去，它们多半会逃散，当然也可能走向另一个极端——突然向我发动围攻，它们中间的某一个可能会被派出来直接咬向我的咽喉……听

过那么多关于豺狗的传闻，我深知此刻不宜刺激它们。

我极力保持着镇定，低头避开它们警惕的目光，背靠石壁，朝傀儡慢慢挪近。

随着我的移动，红豺的阵式发生着微妙的变化，看不出它们对我的敌意是增是减。一会儿，我的左手抓住了傀儡的项圈。

我想以此向红豺们表明我与它们围攻的猎物的关系，然后在它们的眼皮子下从容地将傀儡和火驹领走。

傀儡却误解了我的意思。大概它觉得我也陷入了危险，非它出面拼搏不可——它猛地挣脱了我的手，吠叫着扑向离它最近的一条豺狗。

豺狗蹲身躲闪……它们下一步要被迫反击啦！

我一把将衣兜里剩下的爆竹都掏出来，正要点火，老远的地方传来了犬吠声，其间夹杂着人招呼牲口的吆喝声。几条红豺仿佛听到了统一号令，同时散开，朝两侧山坡上撤去。

傀儡威风大振，狂叫着紧紧追向其中一个。

"回来，傀儡！"我大声喝止。

傀儡又追了一程才不甘心地转了回来。"走吧，还有你——火驹，咱们一道回家！"我拍拍火驹的脸颊。

小野猪依然一动不动。

这哪像迎战啊，它简直就是被吓傻了！

从它紧靠石壁防御的样子，我疑心它的父母将天敌的可怕通过遗传的渠道教给了它，因此，向来胆大包天的火驹首次遭遇上豺狗就被吓成了这样。

今天要不是傀儡及时赶到，野猪崽很可能就成了几条红豺的腹中物。

它还太小，我不该急着赶走它。

回归荒野就意味着战斗。我得等它有资格做一头野兽了，再放它参与自然界弱肉强食的生存竞争。

一头野猪要长到多大才有资格被称作"野兽"？

这问题没有现成的答案。以眼前的情况来判断，我觉得最起码的标准就是"有能力与红豺单打独斗"。

战斗不能光看体形。体重很难超过二十公斤的红豺在被逼无奈时，能够以"疲劳轰炸"式的"游击战术"，独自干掉一头三四十公斤重的小野猪（这个实例来源于小张他爷爷的讲述）。以此衡量，送火驹回老家，至少得等它达到那样的体重再说。否则，我以往对它的所有救助，随时可能被普普通通的天敌一笔勾销！

我停止了无效的尝试，暂时为傀儡留下了这个小伙伴。

无比艰难的驱逐大战

经我一再抗争，替我上上午班的小陈不敢像先前那样随意对待火驹了。小家伙健康地成长着。

它的身躯日益粗壮，壮得不能随傀儡出入狗洞，但它夜间捕猎的劲头倒更大了。天寒地冻，挖掘冬眠的蛇蜥之类的冷血动物越来越困难，火驹就将捕猎的重心转向了天亮前出洞觅食的山鼠、野兔。

每天清晨听到我开锁的声音，火驹便躲在牛栏大门边守候，然后趁大门推开一条缝时从我脚下突围，跑到黑地里去捕食。

我堵不住那又硬又滑的身子，只能由着它。有公牛和傀儡守护，牛栏近边至少比荒山野岭安全得多。

可是有一天，小牧场黎明前的宁静被火铳的爆响声打破了。我扔了奶桶，拉开牛栏门，揿（qìn）亮手电筒朝外扫射。

老远的林子里闪过几星亮光，晨风中掺杂着人声、犬吠声。傀儡打了个响鼻，嗖地一下蹿出门，愤愤不已地咆哮着飞奔而去。

跟我一样，牧犬也担心火驹撞到猎枪口上。那家伙至今都不懂得回避生人……我一边干活，一边心神不宁地朝门外频频张望。

星空下的山林一片漆黑，人声远去了。

过了好一阵，火驹在傀儡的驱赶下呼哧呼哧地跑了回来。它腹部的一侧果然被火铳的钢质"寸子"削出了一道筷子般粗细的沟槽，沟槽末端淌出鲜血。

我一把揪住它的耳环，舀了鲜奶替它冲洗伤口。火驹完全不在乎，它趴下来舔食流到地上的牛奶。要不要替它涂抹碘酒呢？我还在犹豫时，傀儡已经伸出舌头为小野猪施展起它包治百病的"舔疗"。

伤口并不是很深，就让傀儡给它治吧。

我把傀儡的食盘踢过来，给火驹舀了一勺泡软的牛饲料。火驹埋头大嚼。傀儡也尝了尝，感觉不合口味，就趴在一边，欣赏那个"饕餮"充满激情的吞食表演。

火驹不明白它没被击中要害纯属侥幸，我却不能糊涂下去。假如还不把它遣返山林，它迟早要成为猎人枪下的冤魂。

可是野猪的天敌那么多，就算达到四十公斤那个起码的标准，进入荒野同样危机重重。除非让它加入一个强大的猪群……对啊，有同类长者的庇护，绝对能增大它活下去的概率！

我应该为火驹寻找那样的机会。

牧场上经常会出现野猪的踪迹。跟随牛群出牧，我时常能看到头一晚它们新掘的泥土。那帮自信到不屑于掩饰自己行踪的野兽不经意地在新土上践踏出的蹄痕，将它们的身材、数量等情报暴露无遗。

我曾经偷窥过火驹侦察到同类踪迹时的反应。它围绕那些土坑转着、嗅着，那神情，说不上是兴奋还是紧张。然后，它会追着肉眼看不见的某种化学物质追上一程……但有一次，它在一处新土边惊叫一声后逃开了。

那儿赫然印着几个前所未见的硕大猪蹄印，估计是一头离群索居的大公猪留下的。难道火驹明白这位独行大侠会对它造成伤害？

它只能加入一个母子相随、其乐融融的大家庭，而那样理想的猪群，不是随随便便能找到的。

可遇而不可求的机会，不久却送上门来。

一天下午，守候着奶牛群、趴在草地上看书的我无意间听到近边林中传出绊动草木的窸窣声。"汪！"我身边蹲坐的傀儡一跃而起。

嘈杂声顿时平息。是野猪群！

我一把拢住傀儡，制止了它的追咬。

"别动！"我小声说着，强摁它坐下。大公牛也在昂头静听。别的牛只顾吃草，并不在意这骤起骤停的声浪。

火驹呢？哦，它在那边。它躲在一丛灌木后，中止挖掘的小野猪正全神贯注地朝那个方向探望。

我蹑手蹑脚地走过去。不出我所料，距离树丛十米开外的地方，呆立着大大小小一群野猪。它们好像是要穿越前方的凹地进入对面的密林，可凹地中吃草的牛群一直在移动……

野猪群的首领犹豫不决。

野猪群的尾端，有两头比火驹略小的幼猪……天赐良机，千万别错过！

我轻轻推着火驹靠近。野猪们专注于盯着牛群高大威猛的首领，根本未顾及身后。火驹扭扭捏捏。第一次看到同类，它必然会产生亲近感。但那毕竟是陌生的一群……

"别怕，勇敢些！"我在心里给它鼓劲儿。"这才是属于你的家庭啊，火驹！跟上它们，你就能获得真正的属于一头野猪的幸福……"

火驹又挪了几步，现在它离野猪群中那对小野猪不过两三米远了。

"汪汪！汪！"傀儡终于沉不住气，打破了沉寂，从我身后追过来。

野猪群受惊，奋力狂奔。

"追上去！冲啊！"我猛一使劲，将火驹推下土坎。

火驹撞在小野猪身上，把它们吓得尖叫着逃跑。火驹愣了一下，像是忽然醒悟，也全力飞奔过去。

我站直身子，正好看到野猪群旋风般掠过草场一角。火驹混杂其中——它居然超越两头幼猪，和一头有点儿瘸的大黑猪一起，接近了猪群的核心！

我满意极了。恋群的天性终于使半驯化的野猪崽主动迈出了回归荒野的第一步。

傀儡热热闹闹地追进了对面的林子，我没有制止。让它送上一程吧，说不定，这是它跟小伙伴的最后一次交往。此后，火驹将随着野猪群闯荡山林，很难再跟我们见面了。

那是一个拥有十来头成年壮猪的大群。有了它们的保护，区区三五条红豺休想伤及火驹。只要熬过最艰难的幼儿期，火驹就能进入生长高峰期，直至长成一位无敌大力士，甚至成为出类拔萃的野猪群首领！

傀儡好久没返回，特别重感情的马戏狗不会让自己也成为野猪群的一员而一去不复返吧？不过就算它乐意，野猪群的头儿也不会容许家族中混入一个异类。可是……

为了等它，我一再拖延收牧时间。

晚霞映红了天地，飞鸟纷纷归林，时间不早了，不能一直等下去。我赶着公牛上路，忽然，林子那边响起了傀儡快活的尖叫声。

我朝声音传来的方向望去，只见傀儡和火驹一前一后飞奔下山，追上了牛群。

一次送走火驹的绝好机会，又让傀儡的责任感给断送了！

我真想狠狠地揍它一顿。

看看火驹，我对傀儡的火气更大了——小野猪身上横七竖八地添了好几道伤痕。傀儡不会咬火驹，估计是野猪群首领为了夺回被傀儡"拐骗"的火驹，才迫不得已大打出手的。

好心办成了坏事。经傀儡这一阻挠，火驹回归山野的历程将变得更加曲折艰难。

"嗷，嗷！"傀儡在小野猪身边蹦着跳着向我邀功请赏。

我没好气地赏了它一脚。

找到回家的路一点也不难

只要不受干扰，野猪群大多有着相对固定的活动范围。从奔走的路线分析，我鼓励火驹加入的那个野猪群很可能选择了牧场东侧的大山"落草"。

溪流对岸那些新近翻掘的"犁沟"，更证实了我的推断——好几头野猪曾在此掘食过越冬的草根、蟋蚁和蚯蚓。

野猪群大白天不再露面。那么，让火驹主动去寻找吧。

上次与野猪群的匆匆一聚，至少该激发了小野猪回归家族的欲望。只要傀儡不再横加阻挠，它不久就能找到那些同类。

而溪流正好斩断气息，令傀儡无从寻觅。

那天从矿区送奶回来，我瞒着傀儡和小陈，将火驹带到离牛群两三千米远的山脚下。清浅的溪流对岸，又增添了好些野猪翻掘的新土。溯流而上，稠密的杂树林向着山坑延伸，连接山坑两侧墨绿的松、杉、樟、柏还有竹林，那里面同样是野猪群的乐园。

"嘟，嘟，嘟！"火驹朝着对岸咕哝。是不是接收到了同类传递的某种信息、听到了来自野猪族群的呼唤？别急，小家伙，我马上送你回山。

我脱下鞋袜，高挽裤腿，拿出一只装过饲料的编织袋。饲料袋里残存的豆粕香味，很容易把火驹引诱进去。我攥紧袋口，把它抱到一块石头上。

"嘟，嘟嘟？"被闷在里面的火驹像是在发问。

我不理它，猛一使劲，将袋子扛上肩头，大步跨进溪流。

滚烫的脚底猝然浸入冷水，像刀割般难受。我吃力地涉水前进。转过几道急弯，冷不防肩头的小野猪用力一挣。我顾上没顾下，踩着一块石头，脚底一滑跌坐在水里。

火驹嘟哇一声冲出编织袋，在水里扑腾了几米，冲进了对岸的林子。

等我退回溪岸拧干衣裤，只听见小野猪逃窜的方向呼啸着阵阵林涛。

我冻得发抖，赶紧拖来枯枝乱草在水边生起一堆火，脱下湿衣裤烘烤着。受了惊吓和冷水刺激，火驹不用驱赶也要远走他方，更何况被蒙在编织袋里转了那么些圈儿，它的方位感必然大受干扰，一定找不到归程。它只好独自在山里转悠，直到被野猪群收容……

当天下午，傀儡几次离开牧群，每次都独自儿快快转回来。收牧时，它落在队伍后面，不停地四下张望。

"回啊，傀儡！"我喊。

"汪，汪！"它的叫声中透着焦虑。我偏要装着没事儿似的，大声吆喝着抡开了响鞭。傀儡便振作起来驱赶乱跑的牛犊，履行它牧犬的职责。

等我回栏拴好母牛，狗儿又不见了。

小张骑三轮车最后一趟来拉鲜奶，傀儡才出现在车灯前方。它的毛又乱又湿，沾着草叶泥沙，尾巴泄气地耷拉着。

显然，为了寻找火驹，极少在夜间单独出远门的马戏狗今晚下过水，还钻过林子。可它白忙活了。这一回，火驹彻底脱离了它的控制，它休想再找到啦。

此后一段时间忙着年终收账、整理新老订奶客户的名册，我把小野猪这档子事给忘了。

时近年关，矿区客户订购牛奶的总量每日超过了七十公斤。我一天得跑上两趟才能满足供应，这样一来，牧场里别的活儿没法干了。我让矿里跟牧场场长商量，最后决定由矿区安排专人，每天清早开摩托车到我的牛栏取鲜奶。也就是说，从下月开始，我不必跑山道送牛奶，小陈也不用替我顶替半天班了。

这方案让有关人员皆大欢喜。不高兴的大概只有傀儡。

那天一大早，小张的三轮车刚刚离去，矿区派来的摩托车就赶到了。我帮来人将大奶桶缚上车架，傀儡在一边等得不耐烦了。

摩托开走后，它匆匆跑上山道，见我并不像往日那么急着挑奶桶，反而从容地烧水、拌料、喂小牛，傀儡又跑下来，冲我大喊大叫。

我将它的早餐放到狗洞边。傀儡嗅嗅，不吃，一个劲儿地对我晃动尾巴，叫嚷不休。我明白，它挂念着矿区——这一百多天里，陪我奔走山道被它当成了一份职责、一份极富诱惑力的工作，今天突然取消，难怪它不乐意。

我没理由责备它。火驹的失踪够令它焦灼不安了，现在又强行剥夺了它另一项重要工作的权力，没有了上午那一段特别开心的旅程，它怎能不难受呢？

傀儡跑出跑进地唠叨着。

我故意不理它，只管给小牛喂料，侍候两头新生牛犊子吃奶。我必须迫使它接受这一转变，收收心，专心致志地当好牧犬。

傀儡固执地闹个没完没了。忽然，它的声音变得高亢而兴奋。

"嘟儿——"有个熟悉的声音热烈地回应。我还没反应过来，火驹闯进了门口，它后面紧追着喜出望外的傀儡。

小野猪浑身被霜露打得透湿，嘴和脚上沾的黄泥顿时把牛栏门口弄脏。然后，这个"饿汉"直扑傀儡那份碰都没碰的早餐。傀儡急坏了，它冲上去，不客气地跟小野猪争夺起来。

火驹的归来使牛栏里热闹非凡。母牛们拽着铁链回头观望，公牛索性走出单间来看个究竟。那两位尖叫着你争我抢，我赶紧为它们添上一勺鲜奶，还舀了半瓢糠麸糊糊。

小野猪感激地用脏脑袋拱了我一下，把嘴整个儿埋进食盆，吧嗒吧嗒，嚼得震天响。

这野东西究竟凭什么找到回"家"的路？嗅觉？还是我所不能理解的某种生理功能？它的行动，至少证实了小陈一半的预言：火驹在接受饲养的过程中虽未丧失觅食捕猎的本能，却产生了依赖的惰性。

因为这惰性，最先被人类收养的野猪成了家猪的始祖，以牺牲自由为代价，换取了短暂的安全和温饱……

我特别看重的火驹，竟然也是这么不争气的庸才！

责任在谁呢？是杀害了它母亲的猎人、猎狗？是收养了它的我？还是残忍地为它施行了阉割手术的小陈？

抚摸着小野猪饿得棱角分明的脊梁，我又禁不住为它庆幸——好在没在小陈替班的时候回来，否则，去而复返的火驹完全可能被那位"准牛仔英雄"当野兽干掉！

流淌不息的溪水斩断了气息，但未能斩断火驹对"嗟来之食"的依恋。为此，它宁可离开同类，舍弃族群，逃回"人间"。一头被养懒的野猪，迟早躲不过被盛进菜盘的命运……

傀儡——咬！把"小鬼头"逼上生路

不行，我还得想别的法子把它逼上生路。即使那样做将破坏它与傀儡之间感人至深的友谊，我也得坚持到底。

我照常放牛，火驹照常跟傀儡一道追赶公牛，在大公牛面前争宠。我不动声色地跟着。

等牛群在草地上散开，我突然对火驹抡开了响鞭。火驹嘟哇嘟哇地叫，支起小尾巴逃跑。"上，傀儡，"我下令，"咬！"

我对小野猪突然翻脸，让傀儡困惑不解地迟疑了片刻，不过它立即响应，汪汪叫着投入追咬。我猜想，马戏狗把这当作了一场游戏，一场演出前的排练。

火驹也可能是那样看待今天的追逐的。因为它虽然嘶叫得挺惨，却不朝一个方向逃奔，只是东闪西躲，跟傀儡玩起了捉迷藏。

我抡响长鞭步步逼近。小野猪前面的野草一丛一丛地被我抽飞了，它惊恐地后退着。鼻尖遭受的一记抽打终于使它意识到情况不妙，火驹陡然腾起四蹄，完全以野兽逃命的方式慌不择路地跑向大山。

我和傀儡一鼓作气，将它赶进了林子。

可是，我刚坐下来喘口气，小野猪又探头探脑地在牧群近旁亮相了。我叫上傀儡，毫不留情地重新展开驱赶。

傀儡很快迷上了这种"游戏"，而它只要拿这当回事儿，马上变得严肃认真起来。于是，火驹每一次刚刚露头就被赶跑。这件事交给傀儡，我可以安心去干活儿了。

午间收牧，火驹没有跟着回来。

为了表扬傀儡与野兽"划清界限"，我特意赏了它一块排骨。傀儡吃得有些勉强，它随便啃了两口就往外溜。

它准是又在挂念小野猪了！我还得唆使它继续驱赶。等它不再拿这事儿当游戏，等它把火驹也视为入侵牧场的强盗，火驹在这边就没有了容身之地，非遁入山林回归族群不可。

傀儡心地善良，要逼迫它"平白无故"地欺负小野猪实在不容易，但我一定得狠着心肠逼它这么做。

小野猪依旧顽强地想要夺回它作为牧群一分子"吃白食"的权利，每次被赶跑后都千方百计地偷偷溜回。

下午，我和傀儡又合力驱逐过它几次。我一见火驹就打，棍棒、石头，捞着啥用啥，仿佛那家伙是一头干尽坏事的恶狼。

傀儡比上午更卖力，它独自儿把火驹赶过了那条隔开草场与杂树林的溪流。

然而，等收牧回栏，我老远看到小野猪坐在牛栏门外，嘴里咬着傀儡没啃完的油酥排骨。"嘟！"火驹放下美食，冲着我们炫耀。

"汪！"傀儡像平时那样兴奋地回应，立即忘记了我领它所做的种种努力。

如果任其发展，那小赖皮会跟傀儡和好，想要拆散它们就更加困难。我一咬牙，长鞭甩出，抽落了小野猪重新叼上嘴的排骨。

火驹一惊，慌慌张张地躲进了牛群。我抓了根长竹篙，把它捅了出来，揍了两竿。见我如此，傀儡不待我下令，又开始了追咬。

傀儡再重感情，对我的命令也得无条件服从。只要我不终止驱逐火驹的行动，它至少该形成条件反射，一见小野猪就穷追猛咬。

凭体力，火驹本可以打败傀儡。但它像所有野兽一样，对狗有着天然的畏惧。傀儡一追，它只有逃跑的份儿。

我趁热打铁，掏出弹弓，朝山石上发射了两枚一砸就响的甩炮（那年头给孩子们玩的一种爆竹）。"轰——轰——"火光闪过之后蓝烟弥漫。傀儡从烟幕中纵身越过，乘胜追击。

火驹没敢回头。

更令我放心的是今天的晚餐——傀儡总算恢复了它独自进餐的自信，不再东张西望了。

我希望火驹忘掉牧场的安乐窝，重新加入那个强大的野猪群，永远摆脱猎枪和火铳的威胁，活得自在潇洒、快乐无比。

希望归希望，每当听见傀儡在草场上吠叫，我还是担心火驹溜回来。不过，傀儡追咬火驹之举已经形成了"条件反射"，它的吼叫让我相信，今后它再不会对那家伙手下留情了。

果然，火驹从此从牧群附近消失了。

那赖皮的小家伙终于被我们逼回了野兽的角色，必须和同类为伍、自食其力啦。

白色的阿鲁阿那[①]

[俄罗斯] 萨·桑巴耶夫

---

① 单峰母骆驼，很能产奶。

白色的小骆驼

它在第七天不见了。梅尔扎加利老人还以为它已经住惯了新的地方，对它不再过多留意。再说，整整一个星期小骆驼一次也没离过群。可是今天，众骆驼从牧场上归来，唯独不见它的影儿。老人急了，跑遍了附近的村落，把那些他认识的牧人都问了个遍。他去过马卡特另一端的拜基——秋别村，甚至还顺便到那些主人并不怎么招他待见的院子里看过，直到大半夜才回到家，他又累又乏，心情坏透了。

老人一大早到草原上去了。他出门时，挂满露珠的青青牧草还没人碰过，上面泛着灰暗的银光，清新的空气纹丝不动，远处都看得一清二楚。他赶了一整天的路，一直忙着爬山，绕着盐湖走呀，走呀，一路上还留心察看通向泥沼的路口。他沿着铁道径直走了十一二俄里①，晚上才回到家，不过是从另一面进的村。后来他还到村口去等了一会儿别的畜群归家，一心盼着小骆驼能跟它们在一起，然而还是不见它的影儿。

老人埋怨村里没有放牧人，即便他们村的骆驼比别村多

---

①1俄里约等于1.0668公里。

得多。如今大家的日子都好过了，可为什么谁也不想当放牧人呢？他们村的人也太不齐心了。

后来他又想起了狼，而且马上就意识到，白色的小骆驼打老远就会被看得清清楚楚，又没有经验，很容易成为狼群猎取的目标。老人在萨吉兹一带盐湖松软的岛上转悠了一整天，细细地观察过那里被野兽啃过的骨头。那些骨头在岛上随处可见，不过都很陈旧，经过日晒雨淋都变白了，没有丝毫迹象表明最近有狼来过这里。不过当老人看到这种可怕的景象时，心都凉了半截。

他找了整整四天，才在离马卡特一百来俄里远的库利萨雷附近的一个村子里找到了小骆驼，它无疑是想回曼格斯塔乌老家。

找到小骆驼，老人真是高兴坏了，马上转身回家，都忘了去看望一下住在库利萨雷的女儿玛克帕尔。"你真傻啊，"他打量着不声不响地跟在马儿身后的这头瘦削的长腿小骆驼，说道，"你的母亲不在了，人家之所以把你送给我，很可能就是不想听见你哭叫。要是你母亲还活在世上，我难道会同意把你接来？你真是傻到家了！"小骆驼乖乖地迈着笔直的长腿，一旦老人大声说话或咳上一声，它总要抬起那双忧郁的大黑眼含情脉脉地望望他，困顿地唉声叹气一番。

如今小骆驼的缰绳被拴在邻居萨金加利家的双峰母骆驼——因根的脖子上。梅尔扎加利老人到晚上将它解下，待它饮过水后将它赶进仓促围起来的畜栏，手搭在它小小的驼峰上，和它聊上大半天。小骆驼老老实实地待着，它似乎已经习惯他的抚摸和尖细而又亲切的声音。它不紧不慢地嚼着，默默地倾听老人的絮叨。老人发现小骆驼从来没当他的面躺下过，总得等他离开后才趴下睡觉。

小骆驼整整一个秋天都是跟邻居家的双峰母骆驼一起到草原上活动。人们开始发现，小骆驼走起路来腿抬得很高，迈步一丝不苟，仿佛是担心一不小心被绊倒。这很可能是因为骆驼群在奔跑时，双峰母骆驼总拉着它在坑坑洼洼的道路上磕来绊去地跑——有一回人们瞧见过这种事。这个村子从来也没有过放牧人，骆驼都是自己到野外去，又自己归家。

冬天到了，小骆驼再也不用和双峰母骆驼拴在一起了。它有了明显的变化，腿变得更长，而且全身像覆盖着洁净而轻软的雪花。一开始老人看到人们向他的宝贝儿投来赞赏的目光时，别提有多高兴，可后来像是突然有所醒悟，他给小骆驼搭上一袭又脏又破的披衣。

"你真走运啊，梅尔扎加利大哥。"邻居绍拉克有一次说。每天早上两位老人都出来看骆驼，给它们添草、喂水，清除粪便。两家的牲口圈有一道共用的篱笆。"你的小骆驼两年后一定会成为真正的阿鲁阿那，到那时你们家喝奶就不再成问题了。我愿意用两头因根来换这么一头——当然不是说现在——"

"你这话就不对了，"梅尔扎加利从他的话里听出一种毫不掩饰的嫉妒，于是冷冷地说，"你那两头因根轮着下崽，你的妻子也不用为讨口奶而踏破别人家的门槛——"

"我这是高兴，梅尔扎加利大哥，"绍拉克打断他的话，"早就该——早就该——俗话说得好：没有牲口畜栏空，没有孩子房子空——"

邻居心满意足地笑笑，那双眼睛死死地盯着白色的小骆驼。

他们很早就是邻居，而且年轻时有段时间还处得不错。战前两人都在油田工作，在纳津工厂的工地干活，是技术顶呱呱的钻井工。梅尔扎加利先结婚，那时候仗快打起来了，他上前线时妻子阿西玛已经有孕在身。她经常给他写信。他从信里知道绍拉克也接到了通知书，上了前线；知道阿西玛生了个女儿，她给女儿取名叫玛克帕尔；还知道马卡特的境况越来越艰难。

他负伤后好久没给她写信，阿西玛也很少给他写信了，当他被调往日本边境以后，他们干脆停止了书信往来。

他受内伤后住院了一段时间，1946年才回到家。这时女儿已经五岁，跟父亲长得一模一样。那天晚上家里挤满了客人，其中就有他的老朋友绍拉克。他只剩下一只胳臂，人也发福了。他只在战争开始的第一年打过仗，打那以后一直干收购羊毛的工作，看起来干得还不错。他说说笑笑，无拘无束，什么事都要开上几句玩笑，咯咯咯地笑个不停，只有当梅尔扎加利长时间地盯着他看时，他才不再吭声，还有些不知所措。在座的其他客人也不再说话，都在等着听梅尔扎加利会说些什么。然而他什么话也没说，什么事也没干，但他看上去心里很不是滋味。这样一来客人们也觉得挺不自在的，仿佛他的妻子有段时间跟绍拉克相好是他们的过错。几天以后，梅尔扎加利到油田重操旧业去了。

如今他已退休在家，当他想起最近几年一直都想去弄头牲口来养，不觉笑了起来。他每个星期天都去逛集市，问骆驼、奶牛或者羊的价钱，但始终没看到合适的。后来他开始上别的村镇去看亲戚。这年夏天，梅尔扎加利到女儿玛克帕尔家小住了几天，然后坐上从马卡特到舍甫琴科新线的火车，去看望远在曼格斯塔乌的亲戚。他就是从那里搭建筑工人的便车把白色的小骆驼弄回来的。夏天的曼格斯塔乌酷热难当，运一头小骆驼绝非一件易事。他们在被轧坏了的、尘土飞扬的路上颠簸了整整一个星期，从这口井赶到那口井，最后好不容易才回到马卡特。

梅尔扎加利老人从披衣的破口处伸手进去，摸摸小骆驼的细小驼峰，绍拉克在畜栏里走上几圈，回屋去了。梅尔扎加利冲他身后小声地骂了几句。后来他想，要是玛克帕尔知道他弄到一头小骆驼，一定会很高兴。无论是老太婆还是女儿，早就想养头牲口，可当时他认为牲口是累赘，只养了条叫朱利巴尔斯的狗。可如今，他不知不觉喜欢上这头小骆驼了，现在整天都围着它转，忙得不可开交。

不合群的泰拉克

这年冬天不怎么下雪。严寒与解冻天气相互交替，雨倒下得不少，结果马卡特一带的盐土浸透了雨水，成了一摊摊烂泥。碰上这种下雨天，村子上空的雾气久久都不散去。

少雪的冬天经常会神不知鬼不觉地变成春天。骆驼最先向草原走去，如今村子里是关不住它们了。梅尔扎加利老人摘去小骆驼身上的披衣，跟着它去了牧场。这一个冬天，他的小骆驼个子长高了，浑身雪白，长腿长脖，浓眉，大大的黑眼睛，成了头漂亮的泰拉克[1]。老人很快又给它搭上披衣。

几天过去，大地一片碧绿，焕然一新。泰拉克跟所有的骆驼一样，吃得饱饱的，没几天便健壮起来。老人已经不常到草原去，只把自己的宝贝儿送到村口，晚上再到村口接它。有一次在给牲口饮水的地方，绍拉克突然问他："你知道吗，梅尔扎加利，为什么你的泰拉克不合群？"

"是呀，"他对绍拉克如此善于观察感到惊讶，稍稍眯起了眼睛，"为什么这样呢？"

"它清高！"绍拉克仔细打量着泰拉克，回答说，"你跟它会吃不少苦头的，梅尔扎加利大哥，你还不知道它们这些阿鲁阿那的脾气——"

"你别吓唬人。"梅尔扎加利斩钉截铁地说，他提着一桶水站在泰拉克面前，就这么直接给它喝，"它已经跟我处熟了。"

"要是这样，那敢情好。"绍拉克朝水龙头走去，笑着说，"奶倒是会不少——你瞧见它的尾巴在弯弯曲曲地摆动吗？这是一头真正的沙尔奎鲁克[2]。"

"你就只会想这些，绍拉克。"梅尔扎加利不屑一顾

---

[1]两岁的动物。

[2]纯血统的阿鲁阿那。

地撇撇嘴，往水洼里啐了一口。绍拉克打起精神，回头匆促地狠狠瞪了他一眼，于是梅尔扎加利心满意足地扭过脸去。他打满了两桶水，便向村里走去。泰拉克顽皮起来，向前一跑，惊起一群狗在后面紧追不舍。

老人边走边想，无论在什么地方，他从未向别人表示过自己的仇怨。他刚从前线回来的那一年，玛克帕尔已经五岁，她只认母亲。他既不能从妻子手里将她抱走，也不能将她留下。马卡特的很多乡亲都对他指指点点，因为他选择留下来跟不忠的妻子一起过，而不是把她赶出家门或自己离家出走。然而他们都不知道，他以后再也不可能有孩子了。

玛克帕尔出落成漂亮的姑娘，绍拉克很想让她做他的大儿媳妇。他有三个儿子，但玛克帕尔对他们没有任何好感，梅尔扎加利对此感到欣慰。不过阿西玛只要说起有人来说媒，他总要把她骂一通。"得去看看玛克帕尔，"他突然有些放心不下，眼睛都湿润了，"她可能在想家。"他把两桶水放在地上，回想起他最后一次去看女儿是什么时候，才想起那是十二天以前的事了。"明天就走，怎么样？去看看外孙子。"

几分钟以后，老人已经在给泰拉克添草，然后锁好栅门，大步走进屋，他急着要去把自己的决定告诉老太婆。

找回泰拉克

梅尔扎加利从库利萨雷回来，情绪糟透了。开始是因为玛克帕尔跟她的工程师丈夫闹翻了，而孩子又在生病。他也不问个青红皂白，把两人都数落了一通，也不歇一晚便走了。在火车站他又忍不住赶在火车开走前跑到小吃部去灌了几杯酒，结果事情就连着来了。上火车后跟女列车员吵了一架，双方都说了些难听的话，他一怒之下转到隔壁一个车厢。这个车厢里的几个人又都不爱说话，再加上路上收音机在呜呜哇哇地吵个不停。下了火车，距村口还有三俄里的路，一路上他心里一直都不舒服。他边走边想，自打退休之后，一点小事都让他窝火，后来他越来越想不开：为什么日子过得这么不如意？他曾一度想一死了之——有过这个念头，但没死成。而且除了跟他度过了这漫长而无聊的一生的老太婆，没一个人知道他的心病……

他来到家门口的时候，已是傍晚时分。他照老习惯顺路去了畜栏，进去一看，没看见泰拉克。他急忙赶回家，看见老太婆正迎着他走来。打老远他就气呼呼地大声问道："泰拉克在哪儿？怎么圈里没有？"

"它不见了。我找过。"

"怎么不见了？"梅尔扎加利脸都变了样儿，像是被什么人推了一把，几步跑到阿西玛跟前，抡起胳膊打了她一巴掌，"你没给我照看好呀！"

"你……你疯啦？"老太婆被这一意外情况吓得尖叫起来，眼泪夺眶而出。她捂住脸，羞得四下扫了一眼，跑回家去了。

梅尔扎加利呢，也不知道是怎么回事，又蹦又跳、张牙舞爪地直奔绍拉克而去。

"你别着急，梅尔扎加利大哥，一定会找到的，它能跑到哪儿去呢？"他大声地说，而且很急，像是想阻止他再往前跑。

梅尔扎加利快跑到跟前了，他看见那位老兄右手抱着小孙子，左边空出一大截的衬衫袖子在急剧抖动。他停住了脚步。

"萨金加利说，他昨天在萨吉兹附近见过它。"绍拉克又接着说，"它大概是又想回家了吧。"

"真不该出去这一趟。"梅尔扎加利走近绍拉克时挤出这么一句话来。

"你骑上马肯定能追上。它能跑到哪儿去呢？"绍拉克看来已经完全放心了，他又问道，"你怎么了，喝醉了？"

"哎呀呀……"梅尔扎加利一摆手，本打算转身向自己家走去，却来到了角落里整整齐齐码着一垛干草的空牲口圈。这垛干草还是过冬用剩下来的。他在栅门前站了一小会儿，然后顺着圈栏走，只觉得精疲力竭，周围空旷得瘆人。他不知道这种状况什么时候才会了结，过去碰到这种时候他总是上女儿家去……他在大街上徜徉，朝萨金加利家走去——上他家去借马。

第二天，他在距离库利萨雷大老远的地方找到了泰拉克。它正直奔曼格斯塔乌而去，一看见有人骑马追来，它撒腿便跑。梅尔扎加利用马鞭催马快跑，边跑边喊："喂——"这一声叫喊中怨恨多于欢欣。乌雅马快跑起来。不过一会儿，梅尔扎加利发现，泰拉克伸长脖子，抬高四蹄，跑得非常自如，而且速度不减，马根本接近不了它。一个小时过去了，两个小时过去了……乌雅马喘着粗气，汗淋淋的脖子紧张得青筋暴起。它被公认为一匹能跑的马，在赛马会上拿过大奖，然而它跟泰拉克之间的距离几乎没有丝毫缩短。

天黑前他们跑过了几座山和一条小河——热姆河的支流；夜里还跑过了干涸的扎尔帕克湖，这一带山峦起伏而又荒凉。

跑过这些山岗时，一会儿上坡，一会儿下坡，泰拉克有些吃不消了。天亮前它跑起来已经有些吃力，在崎岖不平的路上绊来绊去，几次跪倒在地上。后来它改为步行。等太阳升起来时，马追上了它。泰拉克全身都是汗，四条长腿发软，走起路来身体东摇西晃，但它还在朝前走，一次也没回头。梅尔扎加利弯下腰去抓住缰绳。精疲力竭的马自个儿停住了脚步。泰拉克也第一次嘶叫起来。它的声音尖细，如泣如诉，连老人听到这一撕心裂肺的嘶叫声也不禁一阵战栗，他扽了一下缰绳，好让它止住哭叫。但泰拉克仍大哭大叫不止。梅尔扎加利只好跳下地，抱住它的脖子，也跟着大声痛哭。

母骆驼

老人躺倒了，几天都起不来床。他不爱去找医生看病，阿西玛只要一提起这事，他就发火，冲着她嚷上一通。不过医生还是来了，问了问病情，用听诊器听了听。"瞧，是腰的毛病……很难受，"梅尔扎加利诉起苦来，"也不知是上年纪后内伤又犯了，还是骑在马上受了凉，总觉得两条腿像不在了似的。我能感觉到它们，但是它们冰凉冰凉的。"

听他这么一说，老太婆放声大哭。她看上去比丈夫年轻，而且身板硬朗得多，双肩溜直，不像老头子那样弓腰驼背。两只栗色的大眼睛分得很开，圆圆的脸上虽然布满皱

纹，但还有一丝红润。鼻子不大但笔直，嘴唇丰满。她只小老头子一岁，但她的性子比他慢得多。她似乎每做一个动作，每迈出一步之前都要经过一番深思熟虑，给人感觉十分可靠。就连梅尔扎加利看到这些后也备受折磨，一会儿陷入绝望，一会儿又重新获得希望。

医生的话他并没有往心里去。老头儿看见阿西玛听得很仔细，还不住地点头和擦眼泪。

她从没当老头子的面哭过，很可能是担心惹恼了他，但这次她顾不得这些了。医生走了，可老头儿还一动不动地躺在床上想他的心事。

"别哭了，"他突然含糊不清地嘟囔了一句，"我不会这么快死。"

"谁希望这样呀？"

老头儿不声不响地侧过身子，冲着墙躺着。

他侧过身子，把自己骂了个够。她曾经背叛过他，可自从他负伤回到家之后，这事也完全有可能再发生，但是并没有发生。他没离开家，阿西玛也没离开他。不过随着时光的流逝，他现在知道自己做得也并不完全对。不过，既然他明白这个道理，那为什么不去想想他们家本来就很缺少的宁静呢？难道他永远都超越不了自己？他把头靠在冰凉凉的土坯墙上，躺了很长时间，只偶尔习惯性地咳上几声。

阿西玛像是已经稳住了神，她在灶前忙来忙去，把碗碟弄得叮当响。她准备好一只灌满热沙的保温袋，放在老头子的腿上，在一旁坐了下来。老头儿一声不吭。她坐了一会儿，烧好开水后，便去商店了。

梅尔扎加利生病之后，就由老太婆来侍候泰拉克。她把它赶到村外，给它的腿系上结实的绊绳。她不想把梅尔扎加利一个人留在家里，所以她不像梅尔扎加利那样跟着泰拉克到草原上去转悠。附近没什么草，于是泰拉克慢悠悠地朝草原深处走去，跟其他骆驼拉开一大截距离。它的四条腿被擦得到处是伤，稀稀拉拉的几根被踩来踩去的小草根本就填不饱它的肚子，可它再往前走又感到有些力不从心。老人们都在埋怨阿西玛，让泰拉克遭此大罪，可是只要去掉绊绳，让它随着其他骆驼走，它又会奔回故乡。阿西玛想尽量减轻泰拉克的痛苦。她买了一二十垛艾蒿，从车厂雇车把干草拉回家。后来她又从别人手里买了十来袋燕麦。而且在寒冷的冬季还远远没到来之前，秋天才刚刚开始的时候，她就把泰拉克圈在畜栏里养膘。

后来等梅尔扎加利从古里耶夫回家，他都不敢相信自己的眼睛了。畜栏里的泰拉克已经长得又高又大，动作麻利而又显得有些慌乱。他仔细端详着这头很快会变得强壮有力的母骆驼，对这四个月来它发生的巨大变化吃惊不已。它吃的、喝的量都比以前增多不少。梅尔扎加利接过侍候它的活儿，赶它去饮水时又是大吃一惊。它拉紧缰绳，走在他的前面，显得有些焦躁不安，很像一只一心去追逐野兽的猎犬。他以为是它实在太渴，所以加快了脚步，但饮完水后往回赶时它还是这个样子。一个星期以来，这头母骆驼只要看见有公骆驼从大街上走过，便往外奔，也不吃东西了。

只有公路那边邻近的村子里才有一头布拉①。它的主人也是个老人，叫科凯代。梅尔扎加利去找了他一趟，跟他商量妥后，马上便把母骆驼赶去。母骆驼的举止有些怪异，走起路来都有些站不稳，它使劲地嗅着冬天冰冷的空气。但只要一听见布拉的咆哮声，它便停下脚步，突然急剧地向后一闪。梅尔扎加利差点儿直着身子摔倒在地，他气呼呼地猛抢鞭子，抓住它的驼峰往前拉。但无论老头儿怎么吆喝和用力拉拽，它就是用力顶住不再朝前走。他担心穿入骆驼鼻孔的那根木销会把它的鼻子撑破，于是先把它拴在篱笆上，然后同身材高大的红胡子老头儿科凯代一道来拉。

　　布拉长得矮墩墩的，一身厚密的黑毛，两个驼峰瘦得皮包骨。母骆驼一进院子，它便开始发急。它被一根铁链绑在木柱上，这根木柱被它拉扯得吱吱嘎嘎直响，听起来就吓人。

　　母骆驼好长时间都没被放倒。它两眼圆睁，发出一声声狂叫，似乎这头布拉不是它一直想找的公骆驼，而是一只狼。直到后来科凯代用鞭子抽它的腿，它才趴下。肚皮刚一挨着地上的雪，母骆驼马上又蹦起来，不过科凯代再次将它弄倒，并用绳子把四条腿绑好。一看见布拉向它跑去，它便挣扎着想爬起来。绳子深深地勒进肉里，它却不觉得疼。

　　后来它久久都站不起来。回家的路上，它一声不吭，懒洋洋地勉强挪动步子；梅尔扎加利知道现在对它得格外小

————————
①公骆驼。

心，所以他找了一条比较平坦的路，走在它的前面。

可是母骆驼并没有怀上小骆驼。老人又拉它到布拉那里去了三四趟，每次它都是向后挣，仿佛是在遭罪，最后像个败军之将跑回家。各村都没有单峰公骆驼，所以母骆驼始终没怀上小骆驼。

后来，梅尔扎加利去求每年都到申格利德井区过夏的萨金加利走时带上他的母骆驼。

遭罪的母骆驼

母骆驼在申格利德过了一个夏天，身体恢复了。它没给萨金加利添太多的麻烦。它每天都自己离群，到井边找水喝，等喝够了冰凉的水，马上又回到牧场。萨金加利在一旁照看它，有时去检查一下它腿上的绊绳。

梅尔扎加利忐忑不安地等着冬天的到来。他跟老婆子和街坊邻居商量了好长时间，因为他担心母骆驼又不下崽。要是母骆驼没有奶，那养它有什么用？村里想出钱买阿鲁阿那的人很多，可梅尔扎加利下不了决心将它卖掉。老头儿打算拉着母骆驼上库利萨雷去，那里的卡梅斯科利村有一头单峰公骆驼，可老太婆坚决不同意他大冬天出远门。

"你又会病倒的，"她固执起来，"跟它也折腾够了。"

"也就一百来俄里，"老头儿对她说，"没什么好担心的！我挑个好天走，怎么样？"

"你最好卖了它吧，一不留神它又会跑的。"

"一个夏天都没跑。"

"又会怀不上崽。"

"说不定会怀上的。"

"要像那年冬天呢？"阿西玛嫣然一笑，"人家还会以为你一辈子都养母骆驼哩。"

"行啦，够了！"梅尔扎加利向门口走去时忍不住脱口而出，到门口他又转身来说，"我真不明白，你为什么不喜欢它呢？要卖它什么时候都来得及。"

阿西玛不说了。

不过老头儿也不再提去库利萨雷的事。

这头母骆驼，不管梅尔扎加利夫妇怎样待它好，它都不恋他们。白色的母骆驼似乎对人没有什么感情。有时候，老人们看见梅尔扎加利在畜栏里忙活，便过来看他。他们在的时候，只要没人走到它跟前去，母骆驼总是一动不动地站着。就连爱惹事的朱利巴尔斯跟它打过一次交道后也怕它三分。有一次，朱利巴尔斯俨然以主人的身份跑进畜栏，向母骆驼走去，不料被它一脚踢开，朱利巴尔一头撞到栅门上。朱利巴尔斯发出声声哀号，赶紧向外跑。梅尔扎加利实在无奈，只好又去找科凯代。然而又是头一年的老一套。老头儿白白地赶它去会了两次布拉，后来也失去了信心。

"看来咱们是命中注定不该有牲口。"他对老太婆说。可老太婆突然改变态度，出来替母骆驼说情，坚决不同意卖它时，他默默地双肩一耸，似是在说："总是要卖的。今天不卖，明天……"

下一个星期白色的母骆驼再次躺倒在科凯代家的院子里，它的四条腿被绳子紧紧地绑着，脑袋也被死死地绑在柱子上。只要一听见有动静，它全身就抖个不停，还吓得直哼哼，仿佛已经预感到要出事。

科凯代和绍拉克从杂物棚里出来，边交谈边走到它跟前，向它的脑袋俯下身去，一把刀隐隐约约地一闪。紧接着，一个上气不接下气的惨叫声响彻全村，向四野传去。一只只狗都被吓得跑开了，惊恐不安地吠叫着。

坐在科凯代家里喝茶的阿西玛一阵战栗，把茶碟放回托盘上，望着门口压低嗓门很快地念叨了几句什么。要是让梅尔扎加利听见这惨叫声，肯定要出事的，可他现在在三十俄里开外的多索尔村。房间里很热。科凯代那身材粗壮、面色黧黑的老太婆正大声地啜茶，这种事在她看来早已是司空见惯。又响起一阵饱含痛苦和绝望的惨叫声，后来变成长长的哀嚎。

"很快就完事。大概是把布拉放了。"一听母骆驼不再出声，老太婆说，"你别着急，喝茶吧。"

阿西玛没搭腔，也没再碰茶碗。

门大敞着，科凯代裹着一团寒气进了屋。

"行啦，一年后你就添小骆驼了。"他用低沉的声音对阿西玛说，接着从钉子上取下毛巾，擦了擦血淋淋的手，"我就说过，得切断眼睛里的筋。梅尔扎加利大哥难道会同意吗？他肯定会难过得昏死过去不可……得让它喝酸奶，你看它瘦得皮包骨了……"

"谢天谢地！"他的老婆子说，"这是好事。怎么能没有崽畜呢？""碰到这种情况得让它别去胡思乱想。这可是一头沙尔奎鲁克，它有思乡病，你要么给它找一头单峰公骆驼，要么把它的眼睛弄疼！一疼起来它就分不清对方是单峰还是双峰公骆驼了……"

"你说说，单峰骆驼多怕疼！"刚进屋来的绍拉克觉得有些不可思议。科凯代今天找他来当助手。"这我过去并不知道。不过它的崽畜嘛，应该是很不错的。"

"你说对了。"科凯代颇不以为然。

他俩走到上座，坐下来喝茶。阿西玛稀里糊涂地向他们道了谢，匆忙披上大衣向外走。

母骆驼站在柱子前，全身还在止不住地发抖。这天早上它像是变小了，也变老了，身上的毛又脏又乱。它轻轻地晃着血迹斑斑的头颅，不时哼上几声，眼睛紧闭，从长长的睫毛上时不时滴下几滴血。布拉已经被绑了起来，在院子另一端扭动不已。

阿西玛觉得全身发冷，她怯生生地走到母骆驼跟前。她从来没有想过切断眼筋会给母骆驼带来这么大的痛苦。村里之前也有人给那些双峰母骆驼动过这种手术，不过它们并没有这么遭罪，只是眼睛老是流泪。要是梅尔扎加利回来，问起这是怎么回事，她该对他说些什么呢？要知道他肯定连听也不想听这些。老头子一定会大发雷霆，大病一场。一种从未有过的厌恶与羞耻参半的心情攫住了阿西玛。母骆驼漠然地跟在她的身后，浑浑噩噩的，也不问这条路通向何方。从它的眼睛里不时滴下殷红的泪滴。

真正的阿鲁阿那

没过几天，大地转暖了，山岗上长出了小草。四月中旬下了场大雨，草原上变得一片碧绿，绽开了无数花朵，大地上弥漫着春天的气息。帐篷像朵朵白云，羊群和骆驼在无边无际的草原上随处可见。无论是白天还是黑夜，时时都能感到春天那从不停歇的令人振奋的节奏。

这种时候村里已见不到几个老人，大家都到草原上去了。只有像梅尔扎加利这样没有帐篷或没有牲口的人才留在村里。

单峰母骆驼下崽时受够了罪，两只受伤的眼睛都瞎了。它待小崽还不错，虽然看不见小崽，却学会了跟小崽走。所以现在是浅灰色的小骆驼领着它上牧场，然后晚上领它回家，好在春天就是村边也有的是青草。梅尔扎加利为白色的阿鲁阿那操碎了心。他经常得跑到村外去看看它是否出什么事，到众骆驼去牧场必经的铁道边站岗，还得轰走那些追着小骆驼寻开心的孩子。

小小的家庭已经有了足够的奶，这些奶是老太婆夜里把小骆驼暂时绑上一会儿挤的。瞧，绍拉克还真不是无缘无故地眼红自己的邻居：阿鲁阿那奶很多，眼看着小骆驼一天天长大了。

五月底，骆驼们被转移到远处的牧场。梅尔扎加利一连几个小时望着阿鲁阿那，它不声不响地跟在自己那双峰小骆驼的身后，把那四条笔直的腿抬得老高，落下去又非常小心，仿佛是在探索路面，生活老早就教会它这么走路。它挨小骆驼很近，每次低下头，总要去碰碰它，亲切和蔼地把它嗅个遍。尽管阿鲁阿那两眼看不见，但走路相当平稳，远远看去小骆驼身后像是飘着一朵轻飘飘的白云。

畜群回到村里的时间越来越晚了。

梅尔扎加利还发现阿鲁阿那也开始有变化。早上它用前蹄刨踩实的土地，打着响鼻，大口大口地吸空气。它现在每次都是急巴巴而又严厉地把小骆驼招呼过去，率先上路。只到了快过铁道时，小骆驼才走上前去，领着它走向牧场。即使对白色母骆驼的脾性知道得一清二楚的老头儿也惴惴不安地望着它，想猜出它到底有些什么心事……

这个时刻终于到来了。骆驼的放牧地越来越接近萨吉兹小河边，那里河岸上的青草更丰美多汁。远处可以看得见马卡特油田的贮油罐和采油塔。骆驼群像以往一样走出去了十四五俄里。

中午，从南边刮来一阵热烘烘的大风，刮得草原上到处都是轻飘飘的球状风滚草。一些歪歪斜斜的黄色尘柱升上半空，卷走了枯草和苦涩的盐末。

阿鲁阿那仿佛挨了一鞭，只见它浑身哆嗦了一下，然后在一处山梁上一动不动地站住，只有嘴还在嚼着。

这是来自那新奇别致的白色群山的风，它还记得那一带。

这种风起于海边，起于白垩山脚。这些山响彻着各种低微的怪声，仿佛要直冲云霄，因而变得更加高不可攀。乳白色的尘雾填满山谷，慢慢地飘动着，遮住了山岩。而那些声音，越来越响，越来越不同寻常，回声又使它们更响。这支乐曲在亮晶晶的山岩之间回荡，它们似乎感到太挤，于是冲向北方，冲向草原，每处山岩又将愈来愈响的声音汇集到这支旋律中去。这支旋律在飘动，让龟裂的土地在无边无涯的辽阔草原上扩散开去，令黄沙也发出不同以往的音响，将草原上的所有气味都纳入其中。

敏感的赛加羚羊忐忑不安地呆住了，动动耳朵，嗅嗅这呼呼作响的干风，然后将脑袋低下去藏在自己短小的影子里，奔向北方，躲开太阳；鸟兽匿迹草丛中，牧人焦急地望着闪亮的天空，把畜群赶到离水井更近的地方。从曼格斯塔乌吹来的燥热干风要刮很长一段时间。

浅灰色的小骆驼走过来了，鼻子扎在母亲皮肤硬化的腿上，靠着它在一旁站着。阿鲁阿那回过头去，找到它后把它嗅了个遍。远处，笼罩着乳白色雾霭的故乡的白色群山在呼唤它。它含情脉脉地叫了几声，小骆驼答应着，顺从地跟在它的身后。它信心十足地走下山坡，从畜群一旁走过。

过河就难办了，因为小骆驼恐水。于是阿鲁阿那一直从后面推着小家伙，把它领过河。上岸后阿鲁阿那抖去身上的水，飞快地朝前跑去。小骆驼也跟在它身后跑起来，一会儿落后，一会儿追上，可怎么也适应不了母亲跑起来那非同寻常的平稳节奏。

小家伙担心母亲迷路，不停地呼唤它，但都是枉然。母亲不停地朝前跑，而小家伙像被绑在它身后一样，一直在它后面跑呀，跑呀。

一阵阵燥热的干风刮来，阿鲁阿那的胸前和肚皮上已经看得见汗水形成的白色盐渍。它在草原上越跑越远，消失在热蒸汽之中……

"不，它在我们这地方待不惯。"绍拉克在马背上身子向后一仰，一口气说了出来。

梅尔扎加利老人仔细地打量着草原，郁郁寡欢地点了点头。他的坐骑是一匹毛色浅黄的小矮马。

两匹马在土岗上转来转去，不时抽动湿得发亮的身子。梅尔扎加利和绍拉克已经骑马跑半天了，想赶在天黑之前找到阿鲁阿那的踪迹。梅尔扎加利苦等了一整夜，终于明白它不会再回来了。萨金加利在申格利德，所以梅尔扎加利去求绍拉克帮忙，绍拉克很快就弄到了马。

梅尔扎加利举起一只胳臂：他似乎觉得远处有个白晃晃的东西闪了一下。两人骑着马又继续朝前跑去。

太阳在空中缓缓爬行，蓝色的烟霭笼罩着远处的草原，一只孤零零的云雀在给这两位催马快跑的骑马人没完没了地唱一支单调的歌。库利萨雷油田喧嚣的村落和农庄的畜群已经被他们远远地抛在身后，两位骑马人经过这里时都没停下，他们知道阿鲁阿那已经从一旁绕了过去。

他们在绵延三俄里远的一条带状沟谷边发现了它，两人让已经累得大汗淋漓的坐骑放慢了脚步。

"一头瞎骆驼，完全不用拼命去追，"绍拉克说，"就这样咱们也能追上。"

绍拉克跑到梅尔扎加利面前，又说："大家都说，沙尔奎鲁克跑上三次就追不回来了，现在看来也不完全如此。"然后他稍稍地将身子转向梅尔扎加利，笑了笑说："咱们总算是追上了。"

"是啊，咱们是追上了。"梅尔扎加利答道。他现在想的是要把阿鲁阿那弄回去可不是件轻而易举的事。他想起了从它还是头不谙世事的小骆驼到两岁，一共跑过两次，第二次他好不容易追上它，他当时搂着它的脖子大哭了一场。他知道自己已经深深爱上了阿鲁阿那，再也不能跟它分离。而且他只要想起往事，想起自己的一生，都会感到自己已经体力不支，心有余力不足了。他扛不住夏日的炎热，乖乖地跟着稳稳当当地骑在枣红色马上的绍拉克朝前走。天热人又乏，他已经头昏脑涨，思绪紊乱……

这时，母骆驼已经感觉到后面有人在追它们。它把尽力想拦住它的小骆驼从路上推开，猛力向前一蹿。

小骆驼超过它，想再次将它拦住，让它往回走。但母亲又轻轻一推，把它推到一旁。势单力薄的骆驼崽差点儿倒下。

母亲再次飞快地朝前跑去，小骆驼的嗓子哑了，它用变了调的声音呼唤母亲，竭尽全力地在后面追赶。

前面是一个弯弯曲曲的盐湖，但双目失明的母骆驼一蹿而过，就像它每天都从这里经过似的。真不知道是什么帮它选对了道路。也许是多少个月来它一直在脑子里反复模拟走这条距离最短却又危机四伏的路，也许是它那特别灵敏的感觉起了作用。

它在飞驰，它跑起来的动作依旧那么麻利，身姿还是那么潇洒。小骆驼远远地落在后面，不过它还是紧跟在母亲身后狂奔猛跑。

梅尔扎加利和绍拉克过了盐湖。当阿鲁阿那从下一道长满骆驼刺的缓坡跑过时，它突然绊了一下，咕咚一声倒在地上。

它的左边是一道形同裂缝的狭长深谷，边上是一条荒草萋萋的老路。

当阿鲁阿那正挣扎着从地上爬起来时，小骆驼及时赶到，紧紧偎在它的身边。身后的马蹄声愈来愈响。阿鲁阿那稍犹豫了一会儿，然后咬住小骆驼的脖颈，提起来扔到一边。

当看到阿鲁阿那弄错了方向，朝左边跑去时，梅尔扎加利急得拼命地大声喊叫。他稍稍弯下身子，策马横穿过去，想赶上去把它截住。阿鲁阿那这时已经悬在空中，可四蹄仍在忙着踢动。它仿佛在继续奔跑，无声无息地一下子消失在深谷之中。

小骆驼跳起来，呜呜咽咽地哭着跑上几步，没看见母亲，它停下来在周围转上几圈。绍拉克骑马从一个被阿鲁阿那踩塌的旱獭洞跟前跑向深谷的最边上，侧着身子笨拙地下马。他向已经勒住马的梅尔扎加利转过身去，举起一只手喊了几句什么，但梅尔扎加利没有任何表示。梅尔扎加利像是没看见，也没听见。他用手紧紧抓住缰绳，似乎在担心自己会滚下马去，他一动不动地坐在马背上。但等绍拉克从兜里抽出刀，朝下面扔去时，梅尔扎加利大喊一声，他的身子一阵抽搐，毫无道理地轻轻抽了一下鞭子。马也累了，它知道老头子已经不再可能有其他作为，跑两步后也停了下来。

骄阳似火。燥热的干风像洪水一样从草原上空大面积平稳地一扫而过，吸干了沟谷里的水分，把青草燎得焦黄。小矮马抽动干瘦而发烫的身子，无精打采地站在那里。老头儿将脸扎在鬃毛里，用两只皮包骨的胳臂搂住马脖子，失声痛哭起来。他哭了大半天，直到觉得有些轻松了才离开。

小骆驼向深谷走去，顺着边上走了几个来回。它嗅到了母亲的气味，它正在小声地、六神无主地呼唤母亲。

从一座小山丘后面刮来一小团黄土，落到路上；接着又刮来一团，从地上掠过，很快向上伸展，然后慢慢地从老人身边飘然而过。

老人佝偻着身子坐在那里，双眼望着草原上某个地方。小骆驼走过来，老人朝它望过去，他觉得必须尽快赶到有水井的地方。他叹了口气，双手缓缓地往肿胀的脸上一抹，朝四下看了看。

周围寂然无声。左边很远的地方腾起好几股褐色烟柱——那是在烧野草。天气很闷热。小矮马摇起尾巴赶牛蝇，然后用蹄子踢了一下肚皮，最后一动不动地站着。太阳已经很高了。老人在困顿中想起回去还得走漫长的路。后来他又逐个回忆起身后的那些村子，为了不弄错，他想了很久，最终挑了最近的一条路。

小矮马和浅灰色的小骆驼同时踏上返程。从马腿下惊起一只云雀，落到草上，大声尖叫着在他们面前扑棱着翅膀，飞到一边又飞回来。梅尔扎加利笑笑，勒住马，把它赶上一条小路。

　　"找到水井后咱们便直着走，"他说，"而且要走通宵。主要是得找到第一口井，然后事情就好办多了。"

　　他们已经走出去老远了，已经到了盐湖的另一边，身后传来绍拉克仿佛来自地下的隐隐约约的呼喊声。梅尔扎加利没有转身。"得快些走，因为阿西玛不会躺下睡觉。"他想，"咱们只要还不回去，她就不会躺下睡觉。"

　　走在前面的是小骆驼。它迈着笔直的长腿，走路摇摇晃晃。它尖声尖气、如泣如诉地哭着，同时不停地四下张望，它还不相信自己已经永远失去母亲了。它乖乖地走在马的前面，因为前方有它的故乡，有它出生的村子，像它母亲一辈子都想回到曼格斯塔乌去一样，它无论走到哪里，终归都要回到那儿去。

（粟周雄　译）

带枪的狍子

方国荣

"棉袄里子"和"逮鼠猎手"

一只狍子警觉地转动着灵巧的耳郭，瞪大眼睛朝草甸子四处探索着。突然飞来一只野鸡，吓得它放开四蹄拼命奔跑。当它觉得野鸡不会对它造成威胁时，才绕了一个圈又跑回原来的地方。它慢慢地垂下头，用犄角挑开厚厚的枯草，伸出湿漉漉的舌头，贪婪地啃食着刚露出嫩芽的小草。

不远的柴垛背后，一个黑乎乎的小脑袋悄悄地探出，他反穿着一件棉袄，土黄色的棉袄里子掩在茅草丛中，远远望去，谁也看不出那儿躲着人。乌黑的枪口伸了出来，砰的一声枪响，狍子前蹄抖了一下，带伤在草甸子里狂奔起来。

枪响的同时，忽听得"啊呀"一声，不知什么东西沉重地摔倒在草丛中。

"黑子，冲！""棉袄里子"站了起来，埋伏在他后面的一条黑狗嗖地蹿了出去。忽然，黑子狂叫起来，像是发现了什么。

"棉袄里子"忙端枪奔去。好险！草甸子里趴着个人哩！"谁？不要命啦！""棉袄里子"赶紧收起枪。

那是一个十二三岁的男孩，他像掉在河里刚爬出水的懒猫，缩着脑袋，蜷成一团，趴在草丛里瑟瑟发抖。他见狗扑过来，吓得紧紧抱住了头。

"棉袄里子"禁不住哈哈大笑，把趴在地上的"懒猫"

扶了起来：“喂！趴在地上干什么？是在数草甸子里有多少根草吗？”

趴着的"懒猫"现在站得直挺挺的，细细的脖子上顶着一个白净的脸蛋。他背过脸，用袖口偷偷擦掉鼻尖上的冷汗，为刚才不体面的样子感到害臊。"刚才我在逮老鼠嘛。你看！那儿有一个老鼠洞……"他讪讪地搭话，故意挺了挺胸，那神气的样子就像位身经百战的将军。他穿一件咖啡色条纹大衣，失去光泽的皮鞋上沾满了泥巴。

"棉袄里子"对那儿到底有没有老鼠洞毫无兴趣，倒是盯着那双皮鞋看了好一会儿。"你是城里人吧？哈尔滨来的？"

"我才不是哈尔滨来的，我家远多啦！阿拉上海人！""逮鼠猎手"露出不屑一顾的神色，用眼梢打量起"棉袄里子"来。"喂！你刚才在打鹿吧？"他拍拍"棉袄里子"的肩膀，用一种行家的口气说，"这儿的鹿真不少。不过就是角太短，没有我们那动物园里的好看……"

"城里人，哼！连狍子都不认识？""棉袄里子"不太友好地说。见蹬皮鞋的"逮鼠猎手"生了气，他憋不住又妥协地说："喂！城里人，咱们交个朋友吧！我姓那，大伙都叫我疙瘩。走！咱们一块撵狍子去！"

"什么狍子！那是鹿，梅花鹿！如果你承认是鹿，我就去！""逮鼠猎手"丝毫不肯让步。

"嘿嘿，"疙瘩咧开大嘴憨厚地一笑，"鹿就鹿吧！咱们走吧，要不它就跑远了。"

"顺着血迹一定能追到它！有一本讲打猎故事的小人书

上就是这么写的，那叫跟踪追击！"

"不！咱俩就躲在前面的草甸子里，让黑子顺血迹上去撵，你别看狍子跑那么快，绕一个大圈子，又会兜回来的。"

"或许你们这儿的鹿是这样的。""逮鼠猎手"这回没有反驳，他学着疙瘩的样子，也把自己那件咖啡色大衣翻过来穿上，他以为只要反穿衣服就不会被"鹿"发现。其实，他的大衣里子的颜色比外面更显眼，老远就看得出来。

等了好久，什么动静也没有，远远传来黑子的叫声，他俩向前跑去。

趁他们追狍子的时候，介绍一下蹬皮鞋、趴在地上发抖的"逮鼠猎手"吧。

他叫郑多多，是上海一所小学的五年级学生，他是跟着来东北探亲的哥哥到北大荒来的。

他们一开始坐的是火车，后来换成了汽车，汽车又换成了马车，最后多多终于来到心心念念的北大荒。今天，他又吵着要到草甸子来玩——采野花啦，逮小鸟啦……比神仙还快活。至于趴在地上发抖、差点被枪打中，这些不光彩的事情就不要多提了。

"大脚丫子"

咕嘟河边，一棵被割去柳条的柳树上挂着一件花棉袄，风儿轻轻地吹拂着它的衣摆。

被黑子逼得走投无路的狍子逃到了这里。

当它穿过柳条丛的时候，一把闪亮的镰刀劈头飞来，只见柳条丛中跳出一个只穿小布衫的丫头。她一个鱼跃，两臂一下钩住了狍子的脖子。狍子一惊，不住地乱踢乱蹬，拖着她在河沿狂奔。她的膝盖磨破了，但死也不肯放手。狍子终于累倒了，它睁着眼睛，傻乎乎地躺在草丛中装死。

"放手！放手！这只狍子是我打到的！"疙瘩气咻咻地赶到了。他一下子扑向狍子，也没看清眼前是谁。

"是你打着的？嘿！疙瘩，你从哪儿冒出来的？"小丫头擦着汗，笑嘻嘻地说。

"哟！是凤妞呀，你怎么也来了？"

"草甸子是你们家的？兴你来，不兴我来？"

"谁不让你来啦，反正这只狍子是我先打着的。"

"说大话不嫌牙疼哩，这狍子可是我逮着的。"

"丫头片子，你还会逮狍子？快回家扎鞋底去吧！"

"就是我逮的！"凤妞搂住了狍子的脖子。

"是我先打到的！"疙瘩紧抱着狍子的后腿。

正当两人争执不下的时候，多多满头大汗地赶了过来。

"你问他，他看见的！"疙瘩好像找到了大救星。忽然，他愣住了，只见凤妞拧着"大救星"的耳朵说道："你一眨眼的工夫跑哪儿去啦？让我找半天！要是喂了狼，我怎么跟你哥交差？说呀！"

"去！不懂别瞎吵，我在打猎呢！"多多最恨别人让他出丑，他一扬手，甩开了凤妞。

"哟！你们早认识了？"

"他哥跟我姐是一对儿，嘻！"她捂着嘴扑哧一笑。

"哈哈！原来如此，你姐也拧他哥的耳朵吧？"疙瘩做了一个鬼脸。

凤妞跳过来，一把抓住疙瘩的脖子，顺手抓起一团草就往疙瘩的嘴里塞。"看你还贫嘴不？快！讨个饶，叫我一声'姨'！"

疙瘩拗不过，背着多多小声叫了一声"姨"，然后猛地挣脱，躲到柳条丛后面叫起来："你过来呀！我才不怕你呢！"

疙瘩嘴上不服，但心里最怕她。你别看她只有十四岁，可她个子高，长腿、细腰、宽肩膀，黑黝黝的脸蛋上闪着一双大眼睛，长得像个大姑娘。乌黑油亮的大辫子，戴着金灿灿的小耳环，说话呱啦呱啦的，像炒豆子。

凤妞占了便宜，顾不得和疙瘩磨牙耍嘴，她从破棉袄上撕下一块布条，给狍子包扎腿上的伤口。这是一只非常可爱的狍子，细细的前腿，高高的犄角，大大的耳朵，还有一条翘尾巴。她喜爱极了，把摘来的花儿编了个花环套在狍子的脖子上，说是给它打扮打扮。

吹牛的报复

狍子真不听话，有时蹦得老高，有时冷不防地猛往前冲。他们三人又是拉腿又是拽尾巴的，几乎抬着它往回走了一里多地。多多累得满头大汗，嚷着要歇会儿。疙瘩解下裤腰带，把狍子的两只前蹄绑在一起打了个猪蹄扣。

"这不行，看我的！"多多一下子抽出自己的塑料皮带，系住狍子的两只角，把它拴在一棵小桦树上。

"伙计，委屈你了！"疙瘩顺手将猎枪套在狍子的脖子上，拍拍它的脑袋，咧着嘴笑嘻嘻地说，"帮我背着点，回家请你吃油炸果子！"

狍子的脖子上沉甸甸的，这让它好不自在，它不住地乱蹦乱跳，一有机会就想逃。折腾久了，它像是没了力气，弯着前腿跪了下去，蓝宝石般的大眼睛里噙满泪水。

"我有办法驯服它！"多多想露一手，掏出手绢给狍子擦眼泪，"看我的！"没等他把话说完，狍子猛地一撞，多多摔了个仰面朝天，惹得凤妞和疙瘩捧着肚子大笑起来。

黑子扑上来就要咬狍子，多多反倒踢了它一脚，黑子顺势在地上打个滚儿，呜呜地朝疙瘩诉苦。见疙瘩没理它，它夹着尾巴没趣地走开了。

多多觉得刚才很丢脸，不满地说："你们这儿的鹿……"

"是狍子！"疙瘩纠正道。

"好！就算是狍子吧，可一点也不听话，实在太笨！我们那动物园里的鹿可比你们这儿的狍子聪明多了！有六条腿，还会骑自行车！"多多摸着摔疼的屁股说。

"胡说！哪有六条腿的鹿？你就吹牛！"凤妞不信，跳到多多面前，看样子又要拧他的耳朵。

"六条腿有什么稀罕？要不是去年下大雪冻掉四条，我们北大荒的狍子有八条腿呢！"疙瘩更不服气，站起来说道，"我们这儿有一种长犄角的狍子，比老公牛还大！底下四条腿，背上还驮着四条，一枪打倒了，翻过身，用背上的四条腿还能跑！"

"你也别胡扯！"凤妞嘴里骂着疙瘩，却忍不住笑出声来。

"我不信！除非你逮一只给我看看！"多多噘着嘴说。

"信不信随你，要逮可逮不着。长犄角的狍子跑得可快啦！跑累了就翻个身，换四条腿再跑，你只有两条腿，能追上它吗？"疙瘩故意气多多，气得他差点掉眼泪。憋了半天，多多抢了一下拳头喊道："上海有国际饭店，一百二十四层楼！你见过吗？"

疙瘩从来没去过城市，连火车是什么样都没见过。所以，他没法拆穿多多，气呼呼地折断了一根小树枝。

"得了吧，国际饭店又不是你们家盖的。再说，提水上楼，累也累死了。还是我们北大荒好，井打在屋子里，要多方便有多方便。"凤妞没被多多吓唬住，驳了他一句。

"上海有自来水，有电梯，谁说不方便？我们家就有电梯！装在床底下，一直通到教室里，我上学从来不迟到，全仗坐电梯！"

"别吹过了头，小心你的下巴掉下来！"凤妞要去托多多的下巴。

"就算上海有电梯，可你见过熊瞎子？逮过水獭吗？"疙瘩想了半天，终于找到了反驳的武器。

"不管怎样，就是上海好！"多多感到应当抢先下个结论。

"北大荒好！"

"上海好！"

"就是北大荒好！"

"就是上海好！"

正当他俩谁也不让谁，争得面红耳赤的时候，黑子忽然朝桦树林狂叫起来。他们回头一看，小桦树下只留下疙瘩的半截裤腰带，狍子不知什么时候逃走了。它挣断了带子，还带走了脖子上的猎枪。

"我的皮带丢了。"多多一把抓住疙瘩。

"啊呀！我的猎枪！"疙瘩一把揪住了多多。

"都怪你吹牛！"

"全赖你没把绳扣系紧！"

他们俩谁也不让谁。

"别吵啦！"凤妞大喝一声，震得他俩耳朵嗡嗡直响，"还不快去追！"她猛地将他俩往前一推，撒开腿往桦树林冲去。

疙瘩和多多没了裤腰带，腰上缠的是刚搓的草绳，松松垮垮的，怎么也跑不快。黑子领着他们在林子里转来转去，连狍子的影子都没看见。疙瘩哭丧着脸说："完了，这支猎枪是爷爷的，要是让他知道了，非打我不可！"他眼前浮现出爷爷大发雷霆的模样。

半根火柴头

　　草甸子上全是雪和露水，他们的裤子一直湿到大腿处。他们几乎找遍了每个角落，还是没发现狍子和猎枪。

　　"蛔虫咬肠子了，饿啦！饿啦！"多多从来没走过这么多路，他又累又渴，一屁股坐在塔头坡上，脱下湿得咕叽咕叽响的皮鞋，往上提了提落到脚后跟的袜子。

　　"歇一会儿！"凤妞用镰刀割去半人多高的三棱草，砍了些枯树枝堆在一起。"谁有火柴？"她嚷道，"我们去葫芦湾捡野鸭蛋烤着吃！"

　　"我有！"疙瘩想都没想，伸手就往兜里摸，可他把浑身上下都找了个遍，什么也没找到。

　　"没有就没有，乱说干什么？"凤妞不高兴了。

　　"谁说没有？昨晚点完炕，我明明放在衣兜里了嘛！"

　　"过来！让我来找！"凤妞不由分说地一把拖过疙瘩。

　　"哟！真笨！"凤妞叫起来，"你看看！兜上有个洞呢！"她把破洞又撕大了一点，趁机取笑了疙瘩一番。疙瘩生气了，猛地将凤妞推开。

　　"别动！别动！"凤妞按住疙瘩，将手指头伸进破洞，不知往外夹着什么。"我掏着了！我掏着了！"她激动地扬起手，原来她从破兜下面的衣服缝里摸到了半根火柴头。

　　"没出息，连根火柴都要别人帮你找。去！现在罚你捡野鸭蛋。快去！小心别掉河里了！"凤妞推开疙瘩，把火柴头在手指上捻来捻去，没有擦面，她想不出引火的办法来。

"看我的！"多多解开他的书包，丁零当啷地往地上一倒，他趴在地上翻起来。多多是书包不离身的人，书包老是鼓鼓的，但一本书也没有，全是些乱七八糟的小玩意：各种牌子的空烟盒、破了边儿的放大镜、玩具指南针、一块马蹄形吸铁石等等，全摆出来后，简直像个杂货摊。

"没有……"多多跪在地上，朝凤妞吐了吐舌头，摊开了空空的双手。

不一会儿，疙瘩脱了件褂子，提着沉甸甸的一大包野鸭蛋跑来了。他浑身上下全是水，像个落汤鸡。"太多了，葫芦湾旁的草筏子上全是。啊呀！快点个火，冻死我了！"他往草堆里一扑，回过头挤眉弄眼地对凤妞说，"我的任务完成了，你有能耐，点个火我看看！哈哈……"他在草堆上翻了个筋斗，朝天躺着，美滋滋地晒起太阳来。

凤妞没理他，瞅着那半根火柴头发呆。想了半天，她操起镰刀就往多多的吸铁石上乱砸，想碰出火星来，可费了半天劲，一点也没用，三个人看着生鸭蛋干瞪眼。

"啊呀！有了，看我的！"多多跳了起来，他将放大镜对准火柴头，在阳光下聚成了一个亮亮的焦点……呼的一声，一团小火苗蹿了出来，篝火引着了。

"哈哈，多多万岁！放大镜万岁！"多多高兴得手舞足蹈，他万万没有想到，以前常玩的把戏今天竟会帮这么大的忙！

"还是城里人聪明。"凤妞被眼前的奇迹所感动，第一次在多多面前服了输。

“南方人吃馄饨嘛，脑子里多根弦呢！”疙瘩闻到烤鸭蛋的香味，不由得也称赞了多多一句。

凤妞抓起烧着的树枝，一根根扔进葫芦湾。树枝落在磨盘大的冰块上，就像坐着一只冰船。多有趣的葫芦湾啊！咕嘟河的水流到这儿，在草甸子上画了一个大大的“U”形大圈子，从高坡望去，活像个大葫芦。冰船载着树枝飘呀，飘呀，沿“U”形河湾绕了个大圈子又会在下游重新出现……凤妞呆呆地盯着水面，眼前的冰块化成了种种美妙的画面：

夏天来了，一大帮光着屁股的小孩在这儿玩着“飘死猪”——从葫芦口上游下水，静静地躺在水面上，任水将自己往下游冲。飘呀，飘呀，绕了一个大圈子又回到了离刚才下水不远的“U”形葫芦口下游。只要不怕草扎脚，在河岸上走上几百步，又能跳进葫芦口上游重新再玩一次……

一到冬天，小孩们滑冰啦，打雪仗啦，在二三尺厚的冰层上凿眼，用装了火药的酒瓶子炸鱼，真来劲……

春天来了，满河床大大小小的冰块往下游冲着，就像一艘艘“冰舰”。去年这个时候，她和疙瘩，还有好几个小子到葫芦湾来玩“乘冰舰”。疙瘩还说她……对，说她是“小母鸡下水充大鹅”，可是，她第一个跳上“冰舰”，比他们都飘得远，多来劲啊！桌面大的冰块半沉半浮，冰凉的河水漫过脚腕。冰块“咕嘟！咕嘟！”撞来撞去，疙瘩还差点掉下去，浑身湿透，像条落水狗……

"嘻！"凤妞想到这儿，忍不住笑出声来。

"傻丫头！你笑什么呢？"疙瘩看到草丛里的野兔好眼馋。他因为丢了猎枪，便空着手在那儿瞄着，他还以为她是笑这个呢。

凤妞没理他，还在回味去年"乘冰舰"的场景。"多好玩啊！可是今天没工夫玩了，要去找猎枪。倒霉的疙瘩，你为什么要把猎枪套在狍子身上？世界上有这样的猎手吗？"凤妞满肚子是气。

多多好像忘掉了一切，只顾用小棍在篝火里扒蛋吃。他满手是黑灰，嘴角和鼻尖上又全是蛋黄。三个人各干各的，时间在悄悄地流逝。

黑子远远地叫了起来，叼着一根东西向他们跑来。

"皮带！我的皮带！"多多跳起来向黑子走去。他们在黑子发现皮带的地方看见了一溜狍子的蹄印。

"走！快追！"疙瘩捞起半干的衣服就往身上套。

"慢走！小心着了火！"凤妞抢起一根树条，扑打着篝火。

疙瘩推开凤妞，指着火堆笑道："丫头片子，背过身，让我变个戏法儿……"凤妞一下明白了，朝疙瘩唾了一口唾沫，红着脸扭头就走。疙瘩笑着朝篝火撒起尿来。多多也来帮忙，两条"水龙"把篝火浇灭了。疙瘩在灰烬上又蹦了几下，拍着胸脯说："着了火，尽管来找我！"

马尾巴毛引起的战斗

狍蹄印一出低洼地就消失了，眼前是一片茫茫的大草原。这只可恶的狍子，像是故意跟他们玩躲猫猫似的，扔下皮带逗逗人，却背着猎枪溜得无影无踪了。

走过一块坡地，多多指着远处惊叫起来："你们看！狍子！狍子！"远远的草甸子里，果真有几个黑点在慢慢移动着。

"冲！"三个人像着了魔似的追了过去。

黑子越逼越近，那几只"狍子"却安详地吃着草，一点也不见它们害怕。

"笨驴多多，那是马！"疙瘩喘着气说。

"我们过去问问，说不定放马的人看见过狍子。"凤姐说。

八九匹高头大马在草甸子上溜达着，时而打滚搔痒，时而吵架闹着玩。一匹浑身油亮、仅在前额和蹄子上长着白毛的枣红色的"四蹄踏雪"马闪动双眼，打着响鼻向远处奔去。

他们四下看看，连个人影也没有。

一匹老白马摇头摆尾地赶着瞎蠓，胯上的肉一抖一抖的，毛孔里渗出一滴血。

"该死的瞎蠓！"凤姐心疼地走上前，轻轻地帮老白马搔起痒来。老白马感激地回过头，伸出长长的舌头在凤姐的肩上舔了几下。

多多不敢靠近马，抓了一把草在马头前晃晃又赶紧缩回手。他觉得除了桌子板凳，四条腿的都要踢人。

疙瘩趁凤妞帮老白马搔痒的机会，偷偷用镰刀一绺一绺地割起马尾上的毛来……

一阵马蹄声传来，从远处飞奔来一匹快马，只见一个穿着肥大灯笼裤的男孩，骑着那匹"四蹄踏雪""从天而降"。

"干什么，伙计们？"穿灯笼裤的孩子啪地甩响了手中的那根长鞭，威风凛凛地问。

"别神气！你的马屁股上全是虱子，我们在帮它逮虱子呢！"疙瘩将马尾毛藏到背后，嘲笑地说，他已看出对方是个朝鲜族人。

"胡说！你身上才全是虱子呢！"穿灯笼裤的孩子生气了，他显然不相信关于虱子的鬼话。

"我们丢了一只鹿，不，是狍子，你看见了吗？受过伤，还背了一杆猎枪！"

"什么？狍子？我们倒逮着一只，不过根本没看见什么枪！撒谎！狍子会背枪吗？"

"狍子在哪儿？快还给我们吧！那是我们先打着的。"凤妞的眼睛发亮了，恳求道。

"天底下狍子多了，为什么说是'你们的'呢？那是我逮着的，早送回家了，你们还是上别处找吧！"

"不行！那是我们的！还有猎枪，你得还给我们！"

疙瘩来了火，唾了一口，狠狠地叫道："别不讲理！"

"你说谁呢？"穿灯笼裤的孩子生气了，用长鞭指着疙瘩的鼻子问。

"捡金捡银，天底下有谁捡骂哩！呸！你要多心，骂的就是你！"疙瘩仗着人多，气势汹汹地唾了他一口。

男孩双腿一夹，"四蹄踏雪"后退几步，躲过了飞来的唾沫星，他无意中发现疙瘩藏在身后的马尾毛。

"偷马贼！"他骂道，"把马尾毛交出来！"他气呼呼地用长鞭指着疙瘩。

"不给！你得用狍子来换！"疙瘩见露了馅，干脆把马尾毛举得高高的，在空中挥舞了几下，示威地说。

"交不交？"

"拿狍子来换！"

"交不交？"

"拿狍子来换！"

"好！看鞭！"男孩抡起长鞭，啪一下，声起鞭落，鞭梢在空中画了一个"8"字，不偏不倚，正打中疙瘩的手背，马尾毛随之掉在地上。"快把马尾毛交出来！要不……"他又抡了一下鞭子。

疙瘩吃了一鞭，慌了手脚。多多呢，成了"哆嗦"。正当男孩虎威大振的当口，冷不防背后杀出个"穆桂英"——凤妞，好一个大脚丫子，几步蹦到马前，抓住鞭杆使劲一拉，扑通一声，把男孩拉下马来。

"你还神气不？"凤妞一把将长鞭夺到手，笑着说，"喂！长鞭我们留下了，回去拿狍子来换吧！"

"不送来，我们跟你没完！"疙瘩又来了劲。

男孩红着脸爬起身，也不吭声，翻身上马，他指着凤妞说："背后放冷枪，不算好汉，丫头片子，你等着！"他的衣服被撕了一道大口子，随风飘扬着，像是一面破战旗。

凤姐笑着说："我等着狍子呢！不送来，你就别想要回长鞭！"她从小也耍惯鞭子，为了杀杀男孩的威风，她抢起鞭子就朝马头打去。真准！鞭梢一下就点在"四蹄踏雪"的耳朵根上。那马受了惊，一声嘶鸣，前蹄跃起，差点把男孩掀到地上。

男孩见他们剑拔弩张的阵势，自知寡不敌众，掉转马头就跑。他掏出一只铁皮哨子使劲吹了起来，像是在召集什么人。可是，吹了半天，不见一个人影，他小声嘀咕了一句，又策马跑到凤姐他们跟前，他学着小人书里那些人打仗时挑战的口气说："你们别走！"

"快去叫你爹来吧，我们等着！"疙瘩用大拇指顶着鼻尖，来回扇着手指说。

"说话算数，有胆量来吧！"凤姐双手往腰上一撑。

男孩咬了咬嘴唇，再也没说什么，猛一回头，带着马群直往屯子方向奔去。老白马一声长嘶，回头看了看凤姐，甩着光秃秃的尾巴，颠儿颠儿地跟去了。黑子也好像得胜似的朝马屁股乱叫几声，粗黑的尾巴扑打着草皮。

我们算账去

一大群孩子聚在马棚前的一辆破大车周围。他们分成两帮，正在玩打仗游戏。谷垛后面堆满了土块，马棚四周拉上了草绳，以此代替"铁丝网"；旧铁罐、破瓦盆遍布场院。

那是最新式的"地雷"，一场"你死我活"的攻守战马上就要开始了。

"嘟嘟嘟……"一阵由远而近的哨子声打乱了双方的阵容。男孩汗流满面地翻身下马。

"紧急情况！"他跳上破马车挥手喊道，"集合！"

"哥！出什么事了？"一个一笑就露出门牙的小个子——大家都叫他"小板牙"——着急地问。

"镇静！要有军人的样子！"

"是！报告将军……"小板牙提了提裤子立正，两眼紧盯着男孩的眼睛。

"稍息。"男孩指着被撕破的衣服对小板牙说，"谁让你们不服从命令，一下子全跑回来的？你们看看！"接着，男孩说，"你们刚走，草甸子来了三个小子。不，整整六个！他们割了老白马尾巴上的毛，夺走了我的长鞭，还说我们刚才逮着的狍子是他们的。我一个人能打过六个人吗？"为了保全"将军"的面子，他把"敌人"的数字整整扩大了一倍。

"什么？狍子是他们的？"孩子们都火了。

"他们还说，不交出狍子，就要跟我们没完！"

"夺回长鞭！为了替马尾巴报仇，我要求立刻开战！"小板牙气愤地举起了双拳。

"我们找他们算账去！"大大小小的"萝卜头"全喊了起来。

"不许瞎闹！听我指挥！"男孩用他的"战刀"——一

根短鞭，在吵得最响的孩子的脑袋上点了一下。

"我们应该制订一个作战计划。"一个黑头发、黄眼睛、戴着旧大盖帽的瘦长男孩，慢条斯理地说。孩子们都称他为二参谋。

"据我分析，"二参谋不容置疑地说，"他们绝对不会只有六个人，绝不！肯定在草甸子里埋伏着大批人马。所以，我们应该兵分两路，打他们个措手不及……"如此这般，他说出了一整套周密的作战计划，还用短鞭在地上画了一张作战地图，部署了伏兵的位置。

"可以出发了吗？"小板牙不耐烦地提了一下裤子。

"看你这样子！鞋带都没有，像个军人吗？"男孩对小板牙特别严格。"全体立正！扣好扣子，系上武装带！"男孩一边发布着命令，一边检查着自己的装束。那件被撕破的"将军服"是何等不体面。"卫兵！"他对小板牙喊道，"快回家去帮我拿件衣服来，要新的，四个兜的！"

"四个兜的让妈给洗啦，还没干呢！"

"哎呀，你爸不是还有一件挂在马棚里吗？快去拿呀！"二参谋的点子就是多。

"对！我去拿！"小板牙不愿老远地回家一趟，拔腿就往马棚跑去。

"二参谋，我带卫兵骑马先去把他们引出来，其余的全跟你绕小道打伏击！""将军"穿上盖过膝盖的旧军服（简直像件大衣），挥动着"战刀"，终于下达了进军的命令。

以后再跟他们算账

两匹马飞似的跑出屯子，刚踏进草甸子，只见远处升起一团团滚滚的浓烟。

"哥！你看！草甸子好像着火了！"小板牙惊叫起来。

"不好！快去看看！要是烧过来，屯子就全完了。"男孩策马向火场奔去。

远处，火越烧越猛，顺风传来噼噼啪啪声。小板牙骑的那匹无鞍马又蹦又跳，差点把他从马背上扔下来。

"小板牙，你看！"男孩一急，竟然也跟着大伙叫起弟弟的外号来。他指着前面烟雾中三个黑点说，"他们就在那儿！你的马受惊了，我一个人去就行了。你快去找二参谋，叫他们别打埋伏了，快来救火吧！"

"怎么？不打仗了？"小板牙正劲头十足地等待一场厮杀，他可不愿意干跑腿这种没有劲的差事。

"着火啦！出事啦！这才是'十万火急'，不懂事！"男孩俨然像个长辈。

"那你呢？"小板牙正要掉转马头，回过身不放心地又问。

"你没看见那几个小子被困在草甸子里吗？这帮笨驴，逃不出来会被烧死的！救人要紧！"

"怎么？真的不打仗了？"

"以后再跟他们算账！"

"对！以后再算账！"说着，小板牙跨上马，报告火情去了。

男孩双腿一夹马肚，"四蹄踏雪"不愧是良种好马，飞似的驮着他向火场冲去……

"仇人"相见分外亲

"咱们就在这儿傻等着吗？那小子肯定不敢再来了。可别上了他的当，我们回去吧！"已经足足等了半个多小时，多多不耐烦了。

"胡说！约好了在这儿交战，怎么能回去？我们北大荒人说话向来算数！"凤妞叉着腰，头也不回地说。

"再等不来，我们干脆打进他们屯子里去！"疙瘩也沉不住气了，愣头愣脑地就要往前跑。

"啊哟！不好！"凤妞一把拉住疙瘩，大惊失色地叫起来，"你看！那儿着火了！"疙瘩和多多回头一看，远处果然升起一团团浓烟。

"是我们那堆篝火又着了吧？"

"别瞎扯！早灭了！没准是远处屯子里的烟囱冒的烟。"

"不对！好像跑了荒火，快！过去看看！"凤妞拉起他俩拔腿就跑。

大风卷着浓烟铺天盖地而来，不一会儿就到了三个孩子的跟前。他们再也分不清东西南北了。凤妞拉着他们拼命往低洼地跑，那儿的草是湿的，不容易烧着。烟！烟！到处都是烟！草甸子这时就像个大迷谷，他们还没跑出多远，浓烟就把他们三个冲散了……凤妞跑在前面，她已经发现一个水洼，可不见疙瘩和多多，她跺着脚，呼唤着，流着泪又往回跑。三个人像是捉迷藏似的打着转。火越烧越近了。

"四蹄踏雪"在草甸子里飞跑着，男孩在寻找着他的"敌人"。狂风呼啸，浓烟袭来，"四蹄踏雪"终于经受不住了，一声嘶鸣，男孩摔下马来。任凭男孩怎样抽打拖拉，它只是乱蹦乱跳，再也不肯往前挪动一步。忽然，男孩发现前面有两个黑点，火离两个黑点越来越近了。男孩急得大喊："快往这儿跑！笨蛋！快来！快来呀！"风在吹，烟在滚，他喊破了嗓子，可他们还是没听见。男孩突然想起了自己的哨子。"吹哨子！"他命令自己，接着伸手就往兜里摸。啊？怎么没了？摸来摸去竟摸出一只亮闪闪的打火机，他这才想起来自己穿的是阿爸的衣服。火越烧越近了。"怎么办？"男孩的脑子里嗡嗡直响。打火机在手里闪闪发亮，他突然想起了阿爸跟他说过的逃离荒火的办法。他再也不敢犹豫，按着了打火机……

"快来呀！快往这儿跑！"他一边喊，一边用草把引着火，把脚底下烧着的范围扩大开来，形成一个防火圈。大风赶着荒火往下风口烧来，防火圈的火也往下风头烧着！烧！天上是烟，地上是火。烧！烧！到处是烟，到处是火！在火的海洋里，防火圈成了唯一的"安全岛"。

被男孩拖进防火圈里的两个黑点是疙瘩和多多。他们的脸上、脖子上全是草木灰。他们惊讶地发现："啊！是你！"他俩傻了眼。原来，他俩一直以为救他们的是凤妞呢！

"凤妞！凤妞呢？"疙瘩大叫起来。

"哇……"多多憋不住放声大哭。

"哭什么？还不快去找！"疙瘩拉起多多就要往外冲。

"找死！"男孩大喝一声，一把拦住疙瘩，"不许乱跑！看住马！"他自己却向燃着余火的草甸子冲去。

"看住马！不许乱跑！"疙瘩也朝多多大喝一声，冲出防火圈。

"你，你！不许乱跑！"多多弯着腿，慌慌张张地命令着马，也跟着冲了出去。"四蹄踏雪"可不懂服从命令，它挣断缰绳，在草灰地里打了几个滚，惊慌失措地逃走了……

原来，当疙瘩和多多被男孩救进防火圈的时候，凤妞还在浓烟里四处寻找他俩呢！

"快上这儿来！喂！快过来呀！"咕嘟河旁的沼泽滩里忽然冒出十几个小孩子的脑袋。他们就是男孩的"伏兵"，后来接到小板牙的报告，变成了"援军"。

火越烧越近，离凤妞只有三四百米了。只见二参谋飞也似的跑来，一把拉住凤妞就往沼泽滩跑。凤妞又惊又喜，手指着前面喊道："还有两个，快！快！"她扭头就向火场跑去。

"除了兔崽子，全都跟我冲啊！"二参谋跟着凤妞扑向烟阵。十几个躲在沼泽滩里的孩子全不愿当"兔崽子"，一窝蜂似的从浅水滩里爬出来。上百度的热浪火辣辣地袭来，距离大火还有三五十米，就有几个小孩被热浪冲倒在地。大火无情地卷动着血红的舌头……

凤妞见势不妙，顾不得去找多多他们，慌忙背起一个，拉着一个就往回跑。她的衣角被顺风吹来的火星引着了……

"傻瓜蛋们！快跟我撤退！"二参谋见风向不对，火头直扑过来，急忙下达命令。

小板牙气呼呼地瞪了二参谋一眼，好不服气地说："逃兵参谋！回头我要报告我哥！"他骂骂咧咧地还要往前冲，被凤妞一把拖了下来。

凤妞和二参谋把孩子们一个个都按倒在沼泽滩里，一阵狂风过后，火龙烧到沼泽滩就失去了威力，不得不摇头摆尾地改道向别处游去。二参谋见险情已过，连忙命令手下的"喽啰兵"："三人一组，分头去找。听着！下风口有火顺风跑，上风口有火侧着绕。谁不服从命令乱跑，烧不死回头我也'枪毙'他！"

当这十几个"水鸭子"刚跳出沼泽滩，只见三个浑身是黑灰的'炭球'从远处滚来……

"炭球"正是男孩、疙瘩和多多。两群正打算交战的孩子，在沼泽旁相遇了。他们中间有汉族人，有朝鲜族人，有满族人，一场大火，使"仇人"变成了朋友。火龙，成了团结的桥梁，友谊的彩虹……

向荒火开战

咆哮的南风鼓动着成千上万条火龙沿着弯弯曲曲的咕嘟河向北推进。无数社员、干部、解放军战士从四面八方拥来。临时成立的"联合防火指挥部"命令：利用弯弯曲曲的咕嘟河河湾的有利地形，在大火到来之前，立刻烧出一条防火道，阻止大火向北蔓延。

拖拉机拉着犁铧在草甸子里翻地，翻掉荒草，犁出一条条开阔地……无数人排成一条长龙，挥舞着镰刀割掉前面的荒草，长长的防火道开出来了……

突然，一阵大风把一团火苗抛过咕嘟河，大火在对岸燃烧起来！铜锣敲响了，十几个小伙子跳下河向对岸游去……火越烧越大，十几个人怎么也扑不灭，火龙又抖起来了，发狂地在咕嘟河对岸蔓延开来。

"联合防火指挥部"的成员们一个个抡起了衣服在扑！他们挥起了树条在抽！烧破了衣服算什么？烤焦了头发算什么？扑灭它！扑灭它呀！

火势终于被控制住了……

我们合伙了

夜幕降临了。

"看哪！看哪！"孩子们在烧得焦黑的草甸子里欢呼着，奇异的夜景使他们忘记了劳累。

那不是焰火，不是霓虹灯，不是晚霞，不是火烧云。暗红色的夜幕中，弯弯曲曲的咕嘟河与大大小小的水洼，把草甸子里的余火分割成千奇百怪的大小火场：有的像奔腾欲飞的火马，有的像张牙舞爪的火狮子，有的像东蹿西跑的火狐狸……防火道如同一个硕大无比的牲口栏圈，把这些野性十足的"火牲口"牢牢地圈在栏里，再也不准它们跑出去闯祸。风儿偶尔刮起一团火苗，飘向紫色的夜空……真美啊！那是烟姑娘提着灯笼在赶路吧！

"看！那是什么？"多多指着远处惊叫起来。只见远处一团像马匹一样的烈火不知怎么着了魔，那"火牲口"一会儿兜圈子，一会儿来回狂奔，要是一下子蹿出防火道，草甸子又要被引着了……

凤妞撒开腿就追，孩子们都拥上前去，把"火牲口"团团围住。"火牲口"被逼急了，猛一回头，向凤妞他们冲来。凤妞吃了一惊，一下滑倒在地。正当它要从凤妞身上跃过之际，她翻过身一把搂住"火牲口"，在草甸子里打起滚来。孩子们什么也顾不得了，他们抢起棉袄和树条，没头没脑地朝凤妞和"火牲口"扑打着……火熄灭了，凤妞摇摇晃晃地从水洼子里爬起来。"是只狍子！"她大喊道。

"真的！"孩子们纷纷拥了上去。凤妞跪在地上心疼地抚摸着它那犄角和已经发硬的脖子。忽然，她眼睛一亮：狍子的前腿上有枪伤！一小块没烧尽的布角从它的腿弯里剥落下来——那是白天凤妞帮它包扎上的。

"疙瘩，你看！这是我们……我们的那只……"凤妞说不下去了。疙瘩和多多愣住了！他们万万没有想到会在这儿遇到那只追了一整天的狍子。可是——猎枪呢？被它背走的那把猎枪呢？

"别难过了！"男孩劝道，"我们今天逮到的那只正巧也是大犄角的，要是你们喜欢，就送给你们！"

"不！"疙瘩想起下午打架的事，红着脸说，"真对不起，不该跟你们……"

"那，我们一起养着玩吧！"二参谋扶正了大盖帽，出了一个好主意。孩子们都笑了，疙瘩和男孩高兴得紧紧搂在一起。

孩子们的话题，不知什么时候转到荒火的起因上了。男孩提议进行调查，一定要查出放火的坏人。二参谋皱着眉头严肃地说："纵火犯至少得判三十年徒刑！"凤妞、疙瘩和多多你看我，我看你，谁也没说一句话，可是他们心里都在想着葫芦湾烤野鸭蛋的事。

孩子们没有察觉他们的神情，你一句我一句地大骂纵火犯。多多受不了，"哇"一声哭了起来。

这一哭，倒把孩子们弄糊涂了。

"哭什么？我们承认去！"凤妞再也憋不住了，一口气说出了点篝火的事。

"什么？"孩子们一下愣住了。

男孩朝着大伙说："要承认，我们一起去！"

"不，一人做事一人当！"

"我们一起去！一起去！"

与孩子议论的同时，防火指挥部已查清，火源发生在草甸子的一个草垛里。至于是坏人放火，还是腐草自燃，正在做进一步调查。有两件事，大伙万万没想到：一是指挥部表扬了全体参加扑火的孩子们，但是也嘱咐他们下次再遇火情不可以贸然行动，一定要通知大人；二是那只丢失的猎枪找到了。

疙瘩笑了，孩子们都笑了，咕嘟河畔飘荡着孩子们的笑声。

漫漫归家路

[加拿大] 查尔斯·罗伯茨

一

溪水将沙坝上的碎石冲刷得相当干净，石头上闪着点点亮光。一枚极小的魁戴维克①鲑鱼卵正在沙坝中间的一处小水坑里孵化。数月以来，它一直与其他数以千计的鲑鱼卵一起躺在此处。此地的溪水从未受过污染，清澈而冰冷，昼夜不息地从鱼卵旁流过。

整个秋天，位于这条宽阔溪流上的那一览无余的浅滩一直被荒野的阳光映照着。此地的空气让人感到神清气爽，源源不断的泉水涌入清澈的溪流中，加之明媚的阳光的照耀，周围都是清新的空气，溪水更具活力了。魁戴维克峡谷地势较高的地方已经迎来了北方的严冬，不过此地尚温暖，就连沙坝上的涓涓溪水也未曾冻结。

等到霜冻降临的时候，此地在历经数个无风的夜晚后终于被寒冷征服，小溪上结了一层薄薄的、透明的冰，尽管那冰很薄，却像钢铁一样坚硬，如同为小河穿上了一副盔甲。小溪很快被雪覆盖了，如同披上了一项白色的斗篷。正午时分，阳光穿过积雪和这层冰做的盔甲，照射在溪水上，反射出粼粼的波光，呈现出一种神秘的钴蓝色。

---

①魁戴维克：一座位于加拿大魁北克省的峡谷。

雌鲑鱼在魁戴维克峡谷南部大支流的沙坝上为自己清理出一块圆形的碎石巢，以便在此产卵。数英里①以外是这条小河的源头——一片小型的冷泉湖。鲑鱼相当喜爱这条南部大支流河。这条河流经之处有相当多较深的水洼，河床上均匀地布满了碎石，河水清澈见底，水温也比较稳定。除此之外，因为位置较为偏僻，鲑鱼在此地产卵还可以令其免遭贪婪的捕食者攻击。大瀑布是鲑鱼整个产卵过程中遇到的仅有的一个较大的障碍。这条瀑布足足十二英尺②长，自上而下倾泻下来，接着要经过一系列落差略低的陡坡和陆坡之间的水塘，继续向下冲过半英里远。

　　这些瀑布不太高，对于体力好、精力充沛的鲑鱼而言，从这儿逆流而上、翻越过去是一件比较容易的事情。不过那些身体较弱的鲑鱼就会被无情地淘汰，因为从未有一条弱小的鲑鱼得以成功地到达大瀑布的顶点。出生于南部大支流中的鲑鱼相当健康强壮，其游泳技能也相当高超，它们还长着长长的鱼鳍，都属于优良品种。

　　当碎石洼中数千枚鱼卵同时孵化之时，溪流上那层薄薄的冰已经融化了，溪水在阳光的照射下欢快地唱着歌。碎石洼相当深，因此可以保护那些圆溜溜的鱼卵，使之不被冲走。尽管鱼卵中的胚胎极小，不过它们用惊人的速度吸收着鱼卵囊液中的能量，于是在短时间内就发育成鱼的形状。尽管这些极小的鱼用肉眼无法看见，不过其形态却相当完整。

---

①1英里约等于1.609千米。
②1英里约等于0.3048千米。

这些胚胎成功发育成鱼形后，它们就开始从藏身的鹅卵石下游出来探险，向湍急的溪流发出挑战，游向河岸边较浅的地方。在此地，小鲑鱼们面临的危险会少一些。

　　前面提到的这枚鲑鱼卵是我们此文的主人公，它是第一批孵化的卵之一。因此，这条小鲑鱼（现在它还没有名字，姑且以小鲑鱼来称呼它）也是这数千条小鱼中首批吸取了足够的能量，开始由嘈杂的沙坝游向岸边的鲑鱼之一。与它一起冒险的小鲑鱼差不多有二十条。它们经常被水流冲回小水坑，不过它们总会勇敢地进行下一次尝试。一条看上去相当凶悍的正饿着肚子的鳟鱼逆流而上向它们猛冲过来。不过相当幸运的是，小鲑鱼们由于数量少，加之比较分散，所以得以成功地躲过鳟鱼的攻击。不过眼前出现的巨大阴影还是吓坏了小鲑鱼们，它们纷纷躲进碎石之间，过了好长时间也不敢再次尝试去探索这个危险的世界。

　　等到小鲑鱼终于再次出发去探险时，它发现身边的伙伴多了许多。数百条极小的鲑鱼从这一安全的水洼离开，与它一起游向岸边。就在跟随着这一群没有任何防御能力的新生鲑鱼前进之时，它发现了几个相当庞大的身影，这些凶恶的家伙在鲑鱼们的上方忽上忽下地游动，每次都贪婪地将两三条鲑鱼捉走。如果不是它反应快，在数次快要被抓住的时候奋力向前一冲，它早已成为贪得无厌的敌人的食物。实际上，小鲑鱼所见的庞然大物仅仅是几条只有数英寸①长的小

①1英寸约等于2.54厘米。

鳍鱼罢了。不久之后，小鲑鱼就不会再将其放在眼里了，这些红鳍鱼将会成为它的猎食对象。

相比其他伙伴，小鲑鱼发育得更加健康些，其游泳速度也更快，这对它来说帮助很大。如今，它已经远超其他小鱼一英尺左右的距离，因此它得以幸运地躲过了一次更危险的攻击。一个与此前出现的鳟鱼差不多大的影子突然笼罩在鲑鱼群的上方。小鲑鱼嗖一下躲到了一块石头底下。它发现，在鲑鱼最密集之处，一个体形庞大的家伙正懒洋洋地张开阔嘴，那大嘴快速膨胀、收缩着，看起来就如同正常的嘴内外翻过来了一样——很多拼命挣扎的小鱼被其吸走，甚至有些藏身于碎石下的鲑鱼也被吸了出来。

同一个碎石巢出来的数百条刚开始首次旅行的鲑鱼里，仅幸存下来六十条，它们在打头阵的小鲑鱼的带领下，来到水浅一些的地方。在此处，不会再出现那种巨大的且可以吸走小鱼的怪物。

靠近岸边的小石子中间的水特别浅，甚至不到一英寸深。那些贪婪的红鳍鱼不会来此处冒险。不过，此地同样还有相当多其他的敌人在等着它们。由于小鲑鱼比其他同伴早孵化出来一个小时，于是它就成为这一群鲑鱼的领头者，它认为自己肩负着保护这一小群鱼苗的责任。于是，为了避免被突如其来的水流冲上岸，它带着大家和岸边保持着一定的距离。

与此同时，为了躲开鲦鱼和红鳍鱼等猎食者，它也让小鱼们离水较深的地方远一些。小鲑鱼看到那些离岸边过远的同伴们中，有很多立刻就成了大鱼的盘中餐；而那些离岸边太近的，瞬间被冲上岸渴死，即便被波浪打回河里，也经常由于离河面过近受到一窝蜂扑上来的大蚊子的攻击，这些蚊子瞄得相当准。很快，这些由沙坝上不同碎石巢中游出来的小鲑鱼苗总共仅剩下不足一百条，而它们肩负着延续鲑鱼家族血脉的使命。

然而，就算藏身之处是经过慎重考虑才选择的，小鲑鱼与同伴们还面临着其他的危险。尽管能吸走小鱼的怪物和红鳍鱼的威胁已消除，它们也不会受到大蚊子的攻击，不过它们会因为一些食肉的昆虫幼虫和龙虱而遭遇致命的危险。除此之外，还有可以称得上是鲑鱼近亲的数英寸长的小鳟鱼，这些家伙对处于此阶段的鲑鱼极具攻击性。

与此同时，这附近生活着一只龙虱，它长着带倒钩的钳子一样的下颚，游起来速度快得惊人。当小鲑鱼亲眼看到龙虱抓走了好几条反应慢或者粗心的鱼苗时，小鲑鱼被吓得够呛，因此它无时无刻不警惕着龙虱的动向。

一天，小鲑鱼带领数量大大减少的鱼苗群，打算转移到一处更浅的平静的水湾。这时，一只长相十分吓人的蜻蜓幼虫盯上了它们，并对它们穷追不舍。这家伙长得真是太奇怪了，理应长着脸的地方如同戴了一张毫无表情的空白面具。蜻蜓幼虫先是将相当多的水吸进嘴里，然后喷出来，而它则在这股力量的帮助下全速向小鲑鱼冲去。

所幸小鲑鱼反应快，快速躲到一簇茂盛的水草中，蜻蜓幼虫才没够到它。它看到蜻蜓幼虫转身向一条正在晒太阳的小鲦鱼攻去。此时，那张挡在蜻蜓幼虫脸上的"面具"突然弹出，马上化身为两只强有力的爪子，将猎物的腹部抓住。鲦鱼努力挣扎了数秒，动静之大甚至将周围三英尺以内的小动物都吓坏了。蜻蜓幼虫迅速地将小鲦鱼拖进了一团水草中，在那里享用它的美餐。惊魂未定的小鲑鱼趁此机会偷偷从藏身的水草中间游出来，逃到碎石之间。此地有一股水流不停地流过，尽管不那么平静，却相对更安全。它清楚附近是龙虱和小鳟鱼的出没之地，不过，如今它已对这两类敌人的行动习惯谙熟于心，十分清楚该怎样巧妙躲避。与此同时，它自己也需要捕食更小的水生物以果腹。

这片水域资源很丰富，如小型贝类和紧附于石头底下的钉螺、蚊子，甚至还包括一些掉进水里的小型昆虫，以及一些从卵里孵出来的其他鱼苗。因为资源充足，小鲑鱼长得飞快，个头越来越大，龙虱和小鳟鱼对它已经不再构成任何威胁。终于，小鲑鱼向从前的天敌发起了攻击。它在一只较小的龙虱经过身边的时候，马上将之捕获。数天之后，它又趁一条小鳟鱼动作过慢时，快速冲上去将之俘获，要知道，这条鳟鱼差不多有一英寸长，早在几天前还是相当危险的对手，如今小鲑鱼已经可以轻松地将它制伏。

二

小鲑鱼已经长到差不多三英寸长了。这一阶段的鲑鱼被研究者们称为"帕尔"，那么，我们不妨也暂时用"帕尔"

来称呼我们的小主人公吧。

帕尔的颜色比鳟鱼的更显眼，更具有光泽，因此格外漂亮。它的身上虽然没有鳟鱼的粉色，不过在其两侧和腹部有一层漂亮的银白色，背部还有闪闪发光的蓝黑色。靠近鱼鳍的两侧分别有一片黑色圆点均匀分布的区域，四周还被一道黄色的圆圈围绕着；它的身体中部有光彩夺目的鲜红色的斑点；接近腹部之处有一系列宽的蓝灰色的竖条纹，这代表着它是年轻的鱼类。帕尔已长成一条身形苗条健美、鱼鳍健壮有力的年轻鲑鱼了，其矫健的身姿仿佛天生就是为在湍急的河水中将任何汹涌的激流征服而存在。它的下颚宽阔有力，河里任何体形不超过它的动物已经不对它构成威胁了。

现在，与帕尔共同出来的兄弟姐妹中幸存者还不到四十条，它们分散在慢慢变浅的河流各处，相距甚远。此时，炎热的夏季降临到魁戴维克峡谷的乡间。因为水位的降低，南部大支流里的礁石和沙坝开始从水里露出头。茂盛的榆树和白蜡树的树枝开始变成深绿色，白杨和香柏也倾斜着站在河岸。河岸边的野草地上，伐木工人已开始安营扎寨，那些开着淡淡粉紫色花朵的乳草散发出甜丝丝的香味，散布在空气中，芬芳醉人。

矫健而谨慎的帕尔在河岸附近游了一圈，最终选定一处安了家。这里的河水差不多有八英寸深。阳光透过茂密的香柏树枝，斑驳地洒在清澈的水面上。此处附近没有供大型鱼类藏身的低凹处。除此之外，三条鲑鱼和几条个头与之相差无几的鳟鱼也沿着相同的路线游了一圈。所幸此地面积够大，食物也相当充足，因此这些年轻的鱼儿们便在此相安无事地安了家。

帕尔头向着河流的上游，神态悠闲地躺在水中，它那长长的鱼鳍和宽大的鱼尾缓缓地划动着，这让它可以逆着水流长时间保持这一姿势。它密切地观察着，期待不停流淌的涓涓河流可以为其送来食物。或是一条倒霉的毛毛虫，或是由树枝上掉下的石蚕，它们经常顺着河岸边的鹅卵石磕磕绊绊地一路向下爬，直至爬进帕尔那急切的嘴巴里。间或，帕尔还可以吃到苍蝇、蛾子、蜜蜂，或者甲壳虫。这些家伙因为不小心落入水中，扑棱着翅膀进行无谓的挣扎，但也没逃脱被吃掉的命运。偶尔帕尔还会吃到外壳仍是粉色的淡水小龙虾，它们侧着身子，摇晃着爬到附近。尽管龙虾的两只小爪子看上去十分吓人，不过它们对帕尔构成不了任何威胁，帕尔总是勇敢地将其吞掉。这些漂亮的年轻鲑鱼是河流最喜欢的孩子，它也对它们很慷慨，为其提供源源不断的食物，于是鲑鱼们得以轻快地游来游去，茁壮地成长。

尽管帕尔的生活不受天气影响，一如既往快乐地游来游去，但其身边的危险也不可忽视。当然，它已经对那些嘴里没有牙，曾经把同伴吸走的怪物无所畏惧了。在现在的它看来，那些家伙的嘴巴实在是小得可怜。不过现在，时而会出现一些大鳟鱼，这些长着大大的嘴，有着红色肚子的家伙，经常会偷袭此地体形较小的居民。就在这种突如其来的攻击下，两条年轻的鲑鱼和一条小一些的鳟鱼失去了性命。这些鳟鱼对于同类也相当不留情，照吃不误，不过帕尔一直保持高度警惕，加之它行动敏捷，总可以避开这种危险。

有一回确实相当危险，一条重达七磅①的鲑鱼莫名其妙地从河道的主流游过来，极其谨慎地游到这条河流中央，擦着沙坝游过。幸运的是这条鲑鱼并非在寻找食物，而是在离开这块于它而言过浅的尴尬之地，另寻他处，真是虚惊一场。

附近来的一对猎食的翠鸟又一次让帕尔警惕起来。这对叽叽喳喳的翠鸟将巢筑在河流上方红色峭壁上的一个洞里，还在里边哺育着六只小鸟。它们为了喂养孩子，经常来到水面上捕捉水里的小鱼。一旦确定捕食目标，翠鸟就如同离弦的箭一般冲进水里，于是河面会激起一片水花。当翠鸟快速地从水里出来的时候，它的嘴里常常紧紧地含着一条小鳟鱼或者小鲑鱼，小鱼在太阳的照射下闪着银光。

假如一无所获，翠鸟就会马上飞到高处，用尖锐的叫声表达抗议，那声音听上去蛮吓人的。不过帕尔栖身之处比较安全，它头顶上的香柏投下的树影和穿过树枝的斑驳的阳光将猎食者的视线遮挡住。尽管翠鸟也常常企图在此处猎食，不过它们仅成功了两次，一次收获了一条小鳟鱼，一次收获了一条小鲑鱼，帕尔则幸免于难。后来，翠鸟不得不放弃了这一地方，去更容易捕猎的水域觅食。

有一天，帕尔跳起来打算捕食那些飞到水面的苍蝇，它从这次经历吸取到宝贵的教训。当时，它的头顶上方出现

---

①1磅约等于0.54千克。

了一只又大又红的苍蝇，一只它从未见过的苍蝇。而且，不同于其他小鲑鱼遇到过的苍蝇，这只苍蝇相当从容地悬停在水面上，保持着一种奇怪的姿势。就在帕尔满怀好奇地紧盯着苍蝇，为自己是否要试着去捉它犹豫时，这只苍蝇猛然之间向上飞起来。而就在极近的地方，另一只长相更奇怪的大苍蝇也飞了起来。这只苍蝇的身上绿棕相间，如同一只蚱蜢一样。这两只奇怪的苍蝇让帕尔莫名兴奋，它马上冲上去用尾巴攻击那只绿棕色的苍蝇，打算将它打下来淹死后慢慢研究。奇怪的是，两只苍蝇都消失不见了。帕尔失望且困惑，不得不退回水里，感到相当沮丧。

过了一会儿，那两只苍蝇又出现了，它们缓慢地顺着水流移动，又一次飞起来，飞到水面上，在水面上跳舞。它们时而浸到水面之下，不过却保持相同的距离，而且奇怪的是，它们的行动好像根本不受水流影响。帕尔满怀疑惑地紧盯着它们看了好几秒钟。接着，它的好奇心被这两只苍蝇奇怪的举动激发起来，最终忍不住猛地冲向它们，而且还将那只漂亮的红色苍蝇咬住了。紧接着，它猛然间感觉到一阵刺痛，它感到一股可怕的力量在自己的嘴里扭转，企图把它向上方拽去，它被拉到了半空中，接着又被重重地摔在了河岸边干燥的碎石上。

躺在热乎乎的鹅卵石上，帕尔大口地喘着气，不停地挣扎，它身上漂亮的图案甚至都被蹭花了。它看到自己的眼前出现了一个高大的身影。这是一个长着一双巨大的手的人类，巨手上的手指长度和帕尔的身体一样，帕尔被他从鹅卵石上捡起来。帕尔听到一阵模糊的声音，实际上是这个高大的人在说：“可怜的小鲑鱼，所幸鱼钩挂得不深。这家伙应该没事，不知道以后它能不能吸取教训。不过我看难。”接着，帕尔感觉到对方用极其粗暴的方式将自己嘴上的鱼钩取了下来，然后自己被丢回了河里。

事实上，这只大手已经尽其最大的努力把动作放轻一些了。此时，帕尔感到头晕目眩，吓得连忙掉头游往深水处，有相当长的一段时间，它任由水流摆布着身体。过了一阵，帕尔才缓过来，它定了定神，又努力向藏身之地——一块它熟悉的石头游去。将自己藏好之后，它依旧惊魂未定，以至身体两侧都感觉不舒服，全身发酸、发疼，忍不住颤抖。慢慢地，它才平静下来。经过这次遭遇，再加上帕尔天生比一般的同伴警觉，从那之后，它对浮在水面上的苍蝇格外小心。

整个夏天和秋天，帕尔都在忙着捕食或躲避敌人，或在香柏树下那浅浅的水流中嬉戏玩闹。南部大支流的水位因为初秋的雨而有所上涨，这也让帕尔首次意识到河里的大鲑鱼数量多到不可胜数。这些大鲑鱼在整个夏天都想尽办法远离这片浅水。尽管这些大鲑鱼根本没将帕尔放在眼里，不过帕尔还是尽量远离它们。帕尔发现大鲑鱼玩闹的时候声音特别大，它们会高高地跳出水面，而且不管是白天黑夜都在碎石沙坝上忙碌，似乎是在用它们那强有力的嘴挖洞。

渐渐地，河面的颜色变得越来越深，冬天到了。代替苍蝇和甲虫落在水面上的是一些小小的白色斑点，它们一碰到水就消失了。这时，帕尔已变得非常凶悍，也开始不满足于现状了。它不清楚自己要什么，不过它知道，它要的东西在此地是无法得到的。不管是在河里还是在开始结冰的河岸边，都一样。它只能看到那些身体两侧平坦，且颜色已经由深变得暗淡的大鲑鱼。它看着这些大鲑鱼在汹涌的波浪中无精打采地游着。它们一度一直在不停地拼命向上游、向上游、向上游，而且是满怀喜悦地游着。

然而现在，它发现激情和喜悦似乎从它们的生活中消失了，但它们又相当急切地要赶往某个地方，这个地方好像在下游。帕尔自己也不清楚其中的原因，它还没完全反应过来，就身不由己地跟着鱼群向下游去了。此时它的个子已经长了很多，力气也大了很多，身上原本鲜艳、分明的图案也渐渐变得暗淡。实际上，处于这一阶段的鲑鱼应该被称为"斯梅尔特"而非"帕尔"了，所以我们改称我们的这位主人公为"斯梅尔特"。

这时，它正按照鲑鱼自古以来的洄游习俗，向大海游去。

三

斯梅尔特的鱼鳍很长，它精力充沛，已经无惧水流更急、深度更深的地方。它离开了沙坝，来到大鲑鱼中间。此地波涛汹涌，水花飞溅，在水面上形成相当多的泡沫。在奔腾作响的激浪和小瀑布中，斯梅尔特自由地穿梭着，当然，它最初也有点害怕，不过没多久就适应了。它此行的同伴是那些身形细长扁平的鲑鱼，它们游在它前边，正好成了它的向导。斯梅尔特只是将对方当作免费向导，并不太在意它们。不过时而会有一条大个的旅伴急急忙忙地冲过来，这是一个下颚长得像灯笼的家伙，它的脾气好像很糟糕。于是，斯梅尔特只好赶紧后退着给对方让路。

没过多久，经过波涛汹涌的河段后，它们就进入了南部大支流那平缓的流域。这里的河水很深，蜿蜒数英里，平稳地流过一片赤杨林。此时，魁戴维克乡间已经到了隆冬时节，河水已经结了冰，积雪将两岸到河中央都盖住了。待在冰下的斯梅尔特还在游着，不过它对透过冰层照射进来的阳光不太适应，而且对这种模糊的光线感到特别迷惑不解。

没过多久，这种情况就结束了。南部大支流在其他几条较小的河流的冲击下开始变得汹涌澎湃起来。这些激浪上方不时响起一声如同怒吼一样的巨响，就好像在向经过此地的旅行者发出警告。这声音传入斯梅尔特的耳中，它不由得停顿了一下，不过当它看到整个鲑鱼群还是毫不犹豫地向前游着，于是也勇敢地跟随大部队前进。很快，一股巨大的力量将它向前腾空拉起来，然后头朝下地径直落下，由于中间有一段差不多全是空气，没有多少水，它差点儿窒息而亡。

紧接着，它就掉进了深深的大水池中，水池里的水流一直在旋转。它看到许多大鲑鱼和与它一样年轻的鲑鱼，全都懒洋洋地在里面游动着。现在，斯梅尔特已经成功地游过了南部大支流瀑布。不过它并不清楚当下的状况，只是认为刚才自己莫名地突然离开了水，然后又一路掉下来，差点窒息而死。

在瀑布脚下的大水塘里，斯梅尔特休息了一小会儿，等它缓过劲儿来后，就又与其他迁徙的鱼儿一起，踏上它们的征程。就在此地，南部大支流在经历了长长的流域后已经与魁戴维克的其他主要河流汇集在了一起。沿着这条宽广的大河，斯梅尔特平稳地游了三天，最终到达了一条琥珀色的河里。由于斯梅尔特出生之地就是清澈的水域，所以它对这里的环境很好奇。斯梅尔特一路悠闲自在，吃饱喝足，过了好几天才适应这里河水的变化。不过它发现此时摆在自己面前的是另一个更大、更惊人、更令它难以适应的变化。原本向着前方奔腾的这条河流竟然突然逆转方向，迎面向它冲来，这让斯梅尔特很困惑。但最糟糕的并不是这个问题，而是这条奇怪的"河"的水竟然又苦又咸。事实上，它并不清楚，咸咸的波浪涌向它的时候，其实是不远处的大海在向它招手。

最初，斯梅尔特非常不喜欢水里淡淡的咸味，不过没多久它就开始喜欢起这种味道了。与此同时，它还发现，这些原本疲惫懒散的大鲑鱼们像刚刚苏醒过来，开始对生活充满了热情。这表现在大鲑鱼不但胃口变好了，动作也更加灵活了。这让那些经过它们身边的小鱼处境变得危险。尽管水越来越咸，但斯梅尔特却越来越喜欢，它对食物的渴望也越来越强烈。此时，那长时间覆盖在水面上的冰层不见了。斯梅尔特感到阳光透过一层层波浪照到它的身上，将久违的温暖送给它。水的颜色由棕黄色变成晶莹的蓝色。斯梅尔特知道，自己来到了大海的怀抱。

一路上，斯梅尔特与其他年轻的鲑鱼，以这些重新恢复活力的大鲑鱼们为向导来到了这里，不过它并不清楚自己这么做的原因。斯梅尔特和其他同伴一样，鱼鳍变得强壮有力，身体两侧开始呈现银色光芒。它们开始捕食不可计数的新猎物。而这些猎物是它未曾在湍急的河流或水洼里发现过的。一开始，它只能以很多小的生物为食，比如将自己深深隐藏于礁石下的小型贝类，浮于海面上的大片海藻，在水里到处游动的鱼苗群，不同种类的水母，以及其他不可计数的小生物……这些东西的数量太多了，进而在海面上形成了特别多的带状图案。在胃口大开的斯梅尔特看来，这就如同一大碗准备好的浓汤。

为了寻找来自北极的冰冷海流，银色的鲑鱼群继续向北方游去。海流中的海洋生物数量越来越多，而它们途经之地的陆地生物却越来越少。它们游得很深了，没有捕鱼工具可以将它们抓住。在这样深的水下，浪涛泛着微微的波光，慢慢地涌动着，在海面兴风作浪的极地暴风雪对其不会造成任何影响。数以百万计的小型海洋生物在昏暗的海洋深处发出浅浅的白色荧光。由于数量庞大，它们聚集在一起异常醒目。于是，这些小东西就成为毫不客气的鲑鱼们的美食。

当然，鲑鱼们在如此深的地方同样也面临着危险，那就是张着大嘴的鲸鱼和鲨鱼。一般情况下，这些最危险的敌人以海面为活动区域，它们互相争斗、残杀，而更深一些的地方则是鲑鱼们称王称霸之地，不过，体形庞大的鲸鱼也会每隔一段时间潜入水下，来到鲑鱼们中间。它们可以暂时顶着水压，在必须浮到海面换气之前，一口吃下数十条鲑鱼。间或还会有鲨鱼或者剑鱼潜到水下，它们如同老鹰从高空中急速俯冲下去猎食一样，将鲑鱼群的队列打乱。不过大部分时间，这支正在进行神秘的北方之旅的鲑鱼群不会受到敌人的干扰。这是它们一生中最平静的阶段。

四

算起来，斯梅尔特已经在大海里待了三个月了，而它的个头在此期间也越长越大。就在此时，它在一种奇怪的潜意识的驱使下，与其他大多数同伴一起向着自己出生之地返航。如今，它的体重达到五磅了。假如此时它被渔民捕到，它会被他们称为"格里斯"鲑鱼，至此"格里斯"就成为我们的主人公的新名字了。

格里斯与同伴们大小一样，体重处于三磅到五磅之间，当然它们的身边也会有其他的鲑鱼群游过。经过一到四个月，在思乡之情和繁衍本能的驱使下，它们游到海岸附近。

随着格里斯继续向前游，它也在不停地生长。当它到达海湾附近的时候，体重已经达到六磅了。就在离海面越来越近，朝着海岸游去的同时，它途经从前花了几个月时间游过的数条河流，又一次遭遇那种味道咸咸的漩涡状水流。而每到一个大河入海口处，就会有一拨鲑鱼从大部队离开，向淡水浪潮游去。不过我们的格里斯始终在前进，相当准确地找到了它出生、成长的那条河，而它的大多数同伴们也和它一样，坚持到了最后。

就在游向近海的航程中，这些鲑鱼又一次遭遇了危险。这一次，它们失去了从前遇到敌人时侥幸逃脱的好运气。即便它们动作相当灵活，也没能轻松地躲避攻击。此地有相当多狗鲨，它们体形小，下方的嘴巴里生长着极其锋利的牙齿，咬起东西来相当有力。相比鲑鱼和其他鱼类，狗鲨的速度没那么快。虽然速度稍逊，但狗鲨体形小，给人一种相对安全的感觉，所以它们可以轻松游到鲑鱼们身边，就连格里斯也未曾察觉到。所幸，格里斯那长长的鱼鳍和强壮有力的尾巴马上摆动起来，让它得以逃过一劫。就在狗鲨马上要咬到它身体的侧面时，格里斯如同一支银色的箭一样，嗖一下就躲过了攻击，结果狗鲨的嘴巴落了个空。从那之后，一旦有任何体形大于格里斯的鱼接近自己，它都会格外小心，哪怕对方只比它大一丁点儿。当它小心警惕地观察着周围的动静时，它发现这些凶狠的狗鲨吃了很多同伴。在海里，狗鲨群就如陆地上的狼群。

除了狗鲨，还存在着一些致命的危险。有一次，就在格里斯轻松而快速地往前游的时候，它看到自己的前方恰好游来几条鲑鱼同伴，它们竟突然停了下来，令人不解地挣扎着。格里斯感到特别奇怪，于是它停下来仔细观察着四周，想弄清楚究竟发生了什么事。这些同伴们挣扎得相当厉害，似乎还非常绝望，不过格里斯却没发现周围有任何危险。不过一会儿之后，它就察觉到眼前有一层相互交织着的极薄的棕色的线，正将那些不幸的同伴拢起来。格里斯快速后退，并没有傻傻地等在原地。到底归乡之心迫切，它毅然向下潜去，差不多潜到了海底才继续向前游。

格里斯一口气游出去一英里左右，才把那可怕的渔网远远地甩在身后，重返水面。不过它不知道的是，海上还有其他渔网。在大河入海口的两边，有一排排的柱子，柱子上拉开的渔网一直延伸到河里很远的地方，这就是定置网。格里斯能幸运地逃生是因为它始终小心谨慎，这让它在初入河流的时候就及时察觉到了这些渔网。它尽量在河流深处游动，于是得以成功地避开了渔网。不过，它清楚地看到，那些性子莽撞、警惕性低的同伴由于只顾一味地向前冲，最终付出了惨痛的代价。鲑鱼们的生命安全受到了那些横在眼前的一层又一层的渔网的严重威胁。幸而格里斯一直保持着高度警惕，一遇到必须游向水面的时候，它就会采用逆流而上的方法。为此，它不知疲倦地将长长的鱼鳍和有力的鱼尾用力摆动起来，快速冲过黄褐色的水流，不过这并不影响它保持优雅的姿态。

除此之外，格里斯与同伴们也没有将大量时间浪费在捕食上。自从离开海口，它们莫名其妙地全都没了胃口，一门心思地想赶紧回到自己的故乡。那里有着清澈见底的小河，有着可以穿透河水、照在沙坝和河底的阳光，那阳光让河水闪闪发光。

鲑鱼群在大河中一直逆流向上，向前游去。它们在冲上几处激流之后首次歇息下来。这里是一处宽敞的水塘，水相当深，格里斯与同伴们在此地略微休息了一会儿。休息的时候，格里斯顺手捕了像落在水面上的苍蝇之类的东西果腹。当时，一只黄蜂失足落在了河面上，拼命挣扎。其鲜艳的颜色将格里斯的注意力吸引过去，就在它打算攻击黄蜂并将其吞掉之时，脑海里突然浮现出一段模糊却恐怖的记忆。

那时的它还是体形极小的灰色帕尔，生活在南部大支流里。它至今还清晰地记得自己的下颚被锋利的鱼钩刺穿的疼痛，还记得在干燥炎热的河岸上那种窒息的感觉。于是格里斯放弃了黄蜂，另一条鲑鱼同伴却相当干脆地将黄蜂一口吃掉。自从回想起从前那些可怕的往事，格里斯在每次捕食苍蝇前都要先谨慎地查看一番，以免忽视了虫子的另一头拴着的那种几乎看不到的细线。实际上这次它根本没必要如此小心。这一大片水域里的河水都很浅，仅有此处水塘的水格外深，而且看上去并不明显。不过没多久，它就因为高度警惕获益了。

鱼群在经过水塘之后又向前游了一整天，最终到达一处广阔的淡水河口。此地的河水是淡绿色的，河水涌起的白色浪花与主河道里河水的颜色形成鲜明的对比，如同在欢迎年轻的鲑鱼们归来。这时，格里斯也已回到了故乡魁戴维克峡谷。不过与其离开时相比，这条河变得又窄又浅。因为夏季天气炎热河水蒸发了很多。格里斯顺着清澈的水流游去，遇到了非常多的水流湍急之处。浪花打在礁石上，激起一层层白色的泡沫。这样的地方极其考验格里斯的泳技。它在这些激流、礁石和石缝中穿梭游动了一天后，打算停下来休息一次。它将这次休息之地定在一个很大的水塘里，水塘水面呈绿色，其两边汇入了两股小溪，因此水面上一直泛着白色的泡沫。

这里源源不断的活水带来了恰到好处的清凉，让格里斯神清气爽，开始在水面上捕食各种虫子。与它大小相同的鲑鱼和成年鲑鱼在水塘里随处可见，间或还能看到一两群体态优雅的白鲑鱼或者长着吸盘嘴的亚口鱼。晚上，刚升上天空的月亮用其银色的光将整个水塘照亮了。格里斯一时兴起，健壮的鱼鳍和鱼尾飞快地摆动起来，噌的一声向上跃到半空再落下来，溅起一大片水花的同时发出异常响亮的声音。它对此乐此不疲，一次又一次地跳跃着。它发现，跳到神秘而陌生的水上世界非常有趣。同伴们差不多也在同一时间体会到这一活动的乐趣。一时之间，鲑鱼们纷纷跃起、落下，自然界原有的沉寂被它们打破了。

鲑鱼们银色的身体如同出膛的子弹一样飞向空中，刹那间放射出耀眼的光芒，紧接着又落回水中。就在鲑鱼们进行着这种神秘而新奇的游戏之时，一只黑熊被水花四溅的声音吸引，极其小心地从一条溪水旁向着水面而来。与此同时，在溪水的另一边，一只猞猁也偷偷摸摸地爬上树干的一端。这两个家伙都希望某些鲑鱼因为粗心大意跳到自己触手可及的范围内。不过，没有一条鲑鱼停留在安全范围之外，它们就算是在水下时也仅在水很深的地方游动。两个捕食者徒劳地继续盯住水面，就在这时，一轮圆月正慢慢地在晴朗的夜空中升起。

鲑鱼们在水塘里又待了几天。这天早上，格里斯惊奇地发现水面上慢慢地滑过一个长的深色影子。这个身影的侧面接近尾端之处是形状奇怪的窄窄的鳍，这个鳍一直在向下摆动、旋转，好像产生了极大的力量，驱使身体向前游动。格里斯对这个陌生的幽灵一样的影子特别不放心，因此变得更加不安且小心。

　　数分钟后，当这个影子经过格里斯头顶的时候，水面上溅起一片微弱的水花，接着，一只长相特别奇怪的苍蝇出现在水面上。这只苍蝇沉到水下一两英寸之处，逆着水流动了动，随后又退回到水面上消失了。格里斯鄙夷地看着苍蝇，因为这种类似的把戏已经相当常见，它并不会上当。不过又过了一会儿，当那只苍蝇再次回来的时候，它发现鲑鱼群中一条个头异常大的鲑鱼懒懒地探出水面，把苍蝇一口吞了进去。

　　紧接着，一阵可怕的骚乱出现了。它看到那条大个的鲑鱼挣扎着向上冲去，又在水塘里上下翻滚，水塘底部的鲑鱼群受到惊动，鲑鱼们纷纷游到水面，跳出水面，将半个身子都探了出去。机警的格里斯当然明白其中的原因。它静静地注视着眼前的景象，但这种混乱的局面一直在持续着。后来它觉得无法再看下去了，干脆放弃，游到了划艇巨大的影子下方，随后继续向上游方向前进。

　　当天略晚的时候，重游故里的格里斯已经到了南部大支流的河口。

　　格里斯在其内心坚定信念的指引下，果断地一跃而起，逆流向着这条大河冲去。河水还是波涛汹涌，仅仅比从前略窄一些。在到达瀑布脚下的那个深深的水塘之前，格里斯一直在前行。水塘里碧波荡漾，水面上泛起阵阵白色的泡沫。

格里斯正当青春盛年，精力也相当旺盛，它绕着水塘一圈又一圈地游着，仔细地观察着横在自己面前的巨大屏障——瀑布。不过同时，那些和格里斯一起在水塘中逗留的旅居者，大多都受了伤，其中一些身体侧面甚至还在流血。这些鲑鱼们曾经尝试过跳越瀑布，不过失败了，此时它们正在养精蓄锐，打算再做努力。所以，格里斯也停下来，打算先积聚体力，再向上冲刺。

这条大河的瀑布群差不多有十二英尺长，想越过瀑布群，鲑鱼们得进行两次跳跃。下方高达九英尺的瀑布，直接落向水塘。而上方三英尺高的瀑布，水落进一处六到八英尺宽的砂岩坑中，和下方的瀑布连在一起。瀑布表面的水，因为凸出的岩石棱角锋利，加之岩石之间存在很多缝隙，差不多被冲起的泡沫覆盖住，仅主河道右侧的一股水流相当清澈，在阳光下呈现漂亮的绿色。格里斯就在这道瀑布前铆足劲儿向上冲刺，到达了与顶端相距仅一英尺的高度。就在它向上冲的同时，跳跃的冲力依旧保持着，从而让它强有力的鱼鳍和尾巴在水流力量的帮助下，让身体持续向上冲。

最终，格里斯成功跳过下方瀑布的边缘，到达水流湍急的砂岩坑里。格里斯一鼓作气，又冲向上方的瀑布，异常轻松地跨越了这道障碍。如今，它就在自己的出生之地，这处水流清澈的沙坝里。此地仍然存在一些游起来比较困难之处，或是水过浅，或是水道过于曲折，或是到处布满边缘锋利的板状岩石。不过这里也有相当多安静的水坑，鲑鱼们可以暂时在此逗留。与格里斯同行的旅伴越来越少了，它们或受假苍蝇鱼饵的欺骗被人钓走，或被手法娴熟的山猫和熊抓走，或成为河里的水獭、水貂的美食。

不过，就算如此，当格里斯到达那片孵化鲑鱼卵的大沙坝的时候，它仍旧与相当多的鲑鱼同伴分享着成功的喜悦——这些同伴与其一道从海里进入河道，一路结伴而归。它们每天四处游动、翻滚，让这片浅浅的水域变得热闹非凡。

每一天都会有新的鲑鱼成员加入它们的行列。格里斯在这些同伴中很快就找到了意中人。这条雌鲑鱼已经是第二次回到这片水域了。它个头比格里斯大很多，差不多重九磅，体魄相当健美。格里斯身上有闪闪发亮的鳞片，游起来敏捷有力，当它游到雌鲑鱼身边向其展示个人魅力时，雌鲑鱼马上就给予它回应。格里斯在沙坝上用其坚硬的鼻子替雌鲑鱼挖出一个圆形的巢穴，经过这个巢穴的水流清澈而平缓。格里斯亲昵地用自己的侧身爱抚着银光闪闪的雌鲑鱼，随后雌鲑鱼就在巢穴里产下无数的鱼卵。

等雌鲑鱼产卵完毕，格里斯就到最近的一处水塘里休息，甚至有很长的一段时间显得无精打采。直至大部队开始返航时，格里斯再次感受到内心对海水的强烈渴望，于是随同伴们一起，再一次向着大海的方向急匆匆地游去。

五

当格里斯再次到达大海深处的时候，它的食欲被海里丰富的食物再次唤醒。慢慢地，格里斯又长个子了。相比从前，它身躯上鱼鳍的比例变小了。因为它已经成为一条真正的成年鲑鱼，而非"格里斯"，因此接下来，我们以"成年鲑鱼"来称呼它。不过就它的生活而言，并未发生任何大的变化，如今它经历的冒险、遇到的危机、发现的有趣的事情、捕食的猎物均与上一次的经历相差无几。最大的不同在于，如今它在海里已经具备了极高的威信，完全可以不将那些体形略小的鲑鱼放在眼里——它就要迎来自己的全盛时期，身体在持续增长。这无疑让这条从前的小鲑鱼已跻身于鲑鱼世界霸主行列。

这一次，它在舒适的海里待了一年多的时间，捕食活动异常轻松。仅需略加注意，成年鲑鱼就可以极其轻松地躲过海豹们的攻击，在大风大浪中惬意地穿行。就这样，它游到海水冰冷却物产丰富的哈德森海峡入海口。由于正是深冬时节，陆地上的漫漫极夜还未结束，春天更是连影儿都没看到，但成年鲑鱼的内心深处却已经开始感受到春天在召唤它。它开始怀念南部大支流阳光明媚的沙坝。因为这突如其来的愿望，它开始掉转方向，又一次精力旺盛地向南游去。大批有着同样心愿的鲑鱼们和它同行，它们又一次开始洄游。

返程的成年鲑鱼成功地避开渔网、海豹和狗鲨的威胁，于五月底又一次到达了母亲河的入海口，又一次在琥珀色、味道甜美的淡水中尽情畅游。此时它已经重达四十磅了，美丽的花纹点缀在其银蓝色的流线型身体上，看上去格外引人注意。成年鲑鱼精力充沛，身体健壮，浑身充满活力，一路畅通无阻，逆着水流前进。如今河里正在发洪水，水流是如此猛烈，成年鲑鱼在这样的水流的冲击下，还是一往无前地前行，相比去年，它在几处水塘停留的时间也变短了很多。这个季节的水塘有许多是很难在洪水中被发现的，有些水塘由于受到洪水的强烈冲击，人很难接近，因此它们避开了钓鱼人的侵扰。

仅有一次，成年鲑鱼在魁戴维克河口的一处水塘里发现了一只颜色鲜艳得过头的苍蝇，它在河面上飞来飞去。不过成年鲑鱼对于这种伎俩非常了解，为了表示轻蔑和愤怒，它甚至干脆故意轻轻跳起来，用尾巴打了那只假苍蝇一下。接下来，它安静地回到水塘底，悠闲地注视着河面上的动静。结果，那只苍蝇来回蹦跶了一个小时后，终于失去了耐心，一瞬间消失了。

差不多又过了十分钟，它又发现了河面上有一个棕色的毛茸茸的身影，样子极像了一只小松鼠。这个毛茸茸的东西将鲑鱼都吸引过去了，它们全都不再理会那只苍蝇鱼饵，几乎都想弄清楚是怎么回事。由于成年鲑鱼现在已经是鱼群中的首领，因此当它上前观看的时候，其他鲑鱼纷纷避让。

尽管成年鲑鱼并不饿，但是这一陌生动物对它还是产生了强烈的吸引力。它侧着身子缓缓地接近水面，在猎物的正下方张开口，将其一下子吞了进去，然后马上转身向池底游去，这一动作在河面上溅起一阵水花。不过随后它就感到自己被一股东西使劲地一拉，有东西将它的下颚刺穿了，并用力拽着它，企图让它脱离原本的路线。这下子，成年鲑鱼意识到自己受骗了，原来这个毛茸茸的东西和此前的苍蝇一样也是鱼饵。

它的第一反应是努力冲向水塘的另一边，企图将嘴里这个折磨它的小东西摆脱掉。不过，就在此时，它回忆起从前咬到鱼饵的情形，加之它多次幸免于难的经历和天生的警惕心，最终它得救了。它开始调整策略，鉴于此前一番努力让它力气殆尽，于是它不再游到水面拼命挣扎，以免精力被耗尽，白白便宜了敌人。它掉转方向，向着水底猛冲，与钓鱼竿、钓鱼线强大的力量抗衡。它在河底的岩石上拼命地摩擦，想将钩在其下颚上的鱼钩蹭掉。与此同时，钓鱼的人也在钓鱼线另一头使劲儿向上拽，企图将它拉出水面，以便让它在水面上挣扎到筋疲力尽。就这样，它嘴里的鱼钩不停地被向上拉，它因为持续的刺痛而受尽折磨。不过它仍旧坚持了好几分钟，在石头上一直蹭来蹭去，以至钓鱼的人都怀疑鱼钩是否被卡在了木头上。

这时，身形巨大的成年鲑鱼决定改变策略。它不清楚，实际上它已经将鱼钩弄得相当松了，它下颚上的软骨也被拉伤了。成年鲑鱼在将身子侧过来的同时，极其小心地观察着那条细得几乎看不见的钓鱼线。数秒钟后，它猛然向着钓鱼线拉扯的方向冲过去。一刹那间，巨大的拉力消失了，钓鱼线也松了下来。不过它还是感到嘴里挂着鱼钩和鱼钩上毛茸茸的鱼饵。它径直游过小划艇的底部，听到从头顶上传来一阵如同蝗虫的叫声一样尖锐的声音——实际上，那是钓鱼的人在忙着收线发出的声音。

成年鲑鱼边游边拼命甩头，不过还是没能将鱼钩甩掉。此时，它就要抵达水塘最远端了。它如同一支飞镖一样，冲到水底一簇被风刮断后落下来的树枝中间，随后又向着相反的方向游，这样一来就将钓鱼线缠在了距离它数英尺远的树枝上。随即，它感到下颚被用力拽了一下，鱼钩终于扯开了，成年鲑鱼又获得了自由。

成年鲑鱼怀着深深的恐惧和愤怒，飞快地离开了水塘，向着魁戴维克汹涌的上游继续游去了。它仅在下一个水塘停留了几分钟，甚至没休息，一直在游动着，以至其他鲑鱼也跟着它一起活蹦乱跳起来。成年鲑鱼在三四条受其鼓舞的同伴的陪伴下，继续向上游游去。这条不知疲倦的成年鲑鱼经过了无数激流、小瀑布、水塘，以及浅浅的、到处是岩石的河床后，又回到了南部大支流清澈的浪涛中。它始终不停歇地继续前进，直至到达碧波荡漾、泛着白色泡沫的瀑布脚下。

相比它上一次来的时候，此地已经发生了极大的变化。洪水滔滔，猛烈地灌入深深的池底，发出震耳欲聋的声音，那声音在环绕着大水坑的岩石之间回荡着。当然，这是它模糊的认识。

原来这里在上一年春天的时候发生了一次山体滑坡。原本巨大的岩石有很大一部分是悬在半空中的，结果岩石缝隙中形成的冰楔将其慢慢撕裂，在瀑布的巨大压力下，这块巨石全部崩塌了。如此一来，下方的瀑布就不得不向后移，结果就与上方的瀑布合二为一了，这样的话，鲑鱼们需要越过的瀑布相比从前就提高了将近五英尺。于这片水域的旅行者们而言，这一高度不但是前所未见，而且是无法逾越的。

成年鲑鱼并不清楚此地发生了什么。它仅知道自己从前曾成功地越过这道瀑布，成功地到达了那片阳光充足的沙坝，而那里就是它当下无比向往的地方。它可以感受到自己内心的渴望，它要逆流而上，翻越眼前的障碍。于它而言，当下除了遵从内心的召唤，别无他想。它先在水塘最深的地方稍作休息。它是这次洄游旅程中最先到达此地的鲑鱼，因此是此地唯一的一条鲑鱼。突然，成年鲑鱼将身体立起来，快得如同一道银色的闪电一样，穿过绿色的波浪，逆着瀑布而上。当到达距离顶端三英尺高的地方，它就将自己的身体像一把弓一样弯过来，一秒钟后，又重新跳回到那令人窒息的瀑布表面的白色泡沫中。

它开始了无数次尝试，每一次比前一次都高一英尺，结果最后一次却离顶端更远了。瀑布巨大的冲击力使它精疲力竭，最终彻底落回水塘里。它回到水塘最深、最安静的底部，让自己好好休息一下，养精蓄锐。此时，成年鲑鱼对刚才的失败感到困惑不解，垂直的瀑布那湍急的水流把它吓坏了，这种感受估计类似于人类和龙卷风搏斗时的感觉。另外，就在它落下来的时候，它的侧身被一块边缘参差不齐的岩石划伤了，那里现在有一条血红血红的伤口。

然而，它在休息的时候并未考虑这些因素。水塘底部的

178

河水是碧绿色的，成年鲑鱼因为汹涌的水流而失去了安宁，透过水面上汹涌的波涛，它可以看到瀑布顶端。它发现，一段沙坝屹立在那里，河水将沙坝冲刷得十分干净。这段沙坝相当宽，阳光照射在上面，闪着点点金光。当夜晚来临时，月光又令坝体泛着蓝白色的光芒——这一切就和它记忆中的毫无二致。因此，它一定要越过眼前的这道瀑布。事实上，早在到达此地之前，它就远远地看到瀑布了。

于是，它再次鼓起了勇气，以战无不胜的力量和速度腾空而起，箭矢一般向瀑布冲去。不过这一次，它依旧和上次一样，在半空中停了下来，而且差点儿无法呼吸，随后就落回水里，这结果同样让它困惑不解。

但是，成年鲑鱼还是不停尝试着，失败并未动摇它的斗志，可是它的力气却越来越小。而且它的身体被藏在泡沫底下的岩石划出一道一道的新伤痕。最后成年鲑鱼震惊而困惑地慢慢游到河岸边的一处水涡中，身体半侧着，鼓起鳃大口大口地呼吸。

就在此时，一只从山上来的黑熊，而且是整个魁戴维克峡谷最大的黑熊，慢慢地爬到了河边。它一屁股坐下来，用狡黠的小眼睛轻蔑地看着做着无用功的鲑鱼。它太了解鲑鱼了，它观察鲑鱼并非好奇，而是为了猎食。随着一次又一次跳跃，成年鲑鱼的体力渐渐不支。这时候，这只黑熊也离水边越来越近了，水面已将它的脚淹没。成年鲑鱼依旧一无所知，它侧过半个身子，在水涡里自在地游着。

成年鲑鱼与黑熊之间仅相距数英尺远。这只黑熊像猫一样匍匐着前进，接着猛然用巨大的熊掌狠狠地扫过来。成年鲑鱼被吓了一大跳，继而因恐惧而全身颤抖，转眼间它被扔到了岩石上空。接下来，黑熊那白森森的牙齿向它袭来，咬住了它的背部——成年鲑鱼已经失去了挣扎的力气。

黑熊将其带到瀑布上方的灌木丛中——现在，成年鲑鱼终于跨越了最后一道障碍。

（江月　译）

睡床垫的熊

黑鹤

去看好东西

"醒醒，阿雅……"

阿雅感觉这声音已经叫了很久，他终于睁开眼睛。爷爷正站在床前望着他，爷爷那花白的头发在窗外洒进的阳光中显得晶莹剔透。

"什么？"阿雅揉着被早晨的阳光刺痛的眼睛。也许还要一分钟，他才能真的醒过来吧。

"快起来，领你去看个好东西。"爷爷说完，便走出小屋。门开着，阳光像决堤的洪水一涌而入，暖融融地将阿雅淹没。

去看好东西——阿雅已经醒了，这个小小的提议具有足够的诱惑力。他用最快的速度套上衣服，趿拉着鞋就往外走。他的肩膀撞在原木的门框上。"也许皮肤上会留下松树皮粗糙的花纹印吧！"阿雅想。

看起来他还是没睡醒啊。

这个夏天，爷爷不止一次要领阿雅去看好东西。

有一次是在一个雨后的早晨，空气湿度大概已经达到百分之百，向前走时都能感觉到空气中的水分吸附在脸上，迅速地凝结成硕大的水珠，流淌下来。阿雅跟在沉默不语的爷爷身后，像一只不小心落入水中、刚刚上岸的小狗，不停地擦拭着脸上的水珠。

那个早晨走了很久，最后，阿雅连抱怨的力气都没有了。爷爷突然停下了，低着头走在后面的阿雅一头撞在爷爷的腰上。阿雅随爷爷躲在一棵白桦树后，阿雅很小心，尽量不弄出任何声响。在森林里住了这么长时间，阿雅已经知道应该在什么时候发出声音，而且要发出很大的声音，什么时候却不能发出哪怕一根针落地的声音。顺着爷爷手指的方向，在他们所处的陡坡下面是一片小小的水塘，水边生满已经结出蒲棒的高大蒲草，狭窄的水面上覆盖着一层厚厚的绿色浮萍，几只红色的蜻蜓大概还没有从昨晚低温的僵冻中暖和过来，生硬而寂寞地在水面上盘旋。

阿雅没有看出那里有什么好东西，这种水塘因为水生植物过多，耗费了太多的氧气和养料，连鱼都少得可怜。

他不解地转头看了看爷爷。爷爷正目不转睛地望着那片水塘，脸上没有一点表情，也没有汗水，脸上似乎都是骨头，没有一块多余的肉。

很快，爷爷的脸上露出一丝掩饰不住的微笑，阿雅也听到大量的水被倾倒的巨大声响，他顺着爷爷的目光向下面的水塘看去。

他原以为那不过是水中央的一个小洲，但此时那小洲竟然摇晃起来，随后，掺杂着绿色浮萍的水从那小丘上面流泻下来。最先浮出水面的似乎是一块在水中浸泡了很久的板状木头，上面又生出很多的枝杈，然后呈现在水面上的是一头巨兽的头颅，那头大得不可思议，在最前端又长着一个奇形怪状的鼻子。

多么丑陋的一种动物。

当它完全从水塘里站起来时，感觉像是从水塘上升起一座小岛，一次小型的造山运动。阿雅惊讶地发现，这是一头体长近三米，高达两米的巨兽。它巨大鼻子下的唇缓慢地蠕动着，松软的唇角垂落着一缕翠绿的水草，与巨大的脑袋不成比例的小眼睛生硬地鼓起来，茫然地注视着阿雅和爷爷所在的方向。一身棕灰色的毛皮被水浸湿之后在清晨的阳光下闪闪发亮，阿雅发现，它的肩部高高地隆起，像单峰驼的驼峰。

"犴（hān）达罕[①]。"爷爷低声地对阿雅说，尽管阿雅还没有来得及问这个问题，爷爷已经回答了，大概是怕他冒冒失失地发出太大的声音吓跑了犴达罕吧。

不过，尽管爷爷没有给阿雅提问题的机会，阿雅还是弄出了声响。

如果想在森林里行走而不发出任何声音，恐怕也就只有像爷爷这样的老人才能做到吧。其实阿雅只想挪动一下被早晨的露水浸湿的脚，因为脚在湿透的鞋里泡着很不舒服。但

[①]犴达罕：哺乳纲，鹿科，驼鹿的蒙文称谓。分布在内蒙古自治区大兴安岭北部的原始森林中。是全世界现存的49种鹿中最大的一种。最大的重达500公斤，堪称"森林巨人"。栖息在湖沼附近。善游泳。不喜成群活动。生活场所和食物随自然条件和季节的变化而变化。寿命一般为三十多年，长寿者可活七八十年。

他的脚踩到了什么，当他想要收脚时已经晚了，因为自己突然改变动作使他失去重心，脚下的一块石头松动了，这小小的声响足以让这头巨兽受到惊吓。

它以令人难以想象的速度快而又稳地掉头跑开，像一艘行动迅速的独木舟划开厚重的绿色水面，灵巧地爬上湿滑的泥岸，然后消失在旁边茂密的林地里。那是茂密得没有一丝缝隙的丛林，巨大的野兽进入之后像是融合在其中了，阿雅甚至没有看到枝条的摇晃。它只是在下面水塘绿色的水面上留下一个黑色的缺口，不过，浮萍很快会将那里填满。

那个早上爷爷并没有责备阿雅，爷爷就是想让阿雅看一看这种难得一见的巨兽。

再不看，大概以后就再也见不到了。爷爷经常这样对阿雅说。

走进安静的林地

今天早上，阿雅不知道爷爷又要带他看什么好东西。不过爷爷一再告诉他，好东西已经越来越少了。

爷爷走在前面，后面的阿雅可以看到爷爷背后的衣服已经被汗水洇出一片正在不断扩大的痕迹。爷爷的脚步一直没有放慢，尽管脚下并没有什么路，只有纵横交叉的树根、尖利的石头，断裂的枝干。可爷爷总是可以准确地找到落脚点，他的速度并不是很快，却沉稳有力，一直向前走。

阿雅却走得跌跌撞撞，不是踩在石头上险些崴了脚，就是踏在哪根枯枝上，干枯了很久的枝杈终于找到机会发出声音，那声音总是吓他一跳。当然，还有当他的脚落下，踩进深及踝骨的落叶层里时，突然钻出的像绒球一样的林地小鼠，也总是让他心惊肉跳。

阿雅紧紧地跟着爷爷，不想落得太远。

第一次和爷爷一起进入森林时，他不断地要求爷爷停下休息一下。那次回去后爷爷说："这孩子的身体真不行。"

终于走到这片林子的尽头了，前面出现一片平缓的坡地。阿雅从来没有想到在这黑沉沉的林地里会有这样一片绿色坡地，绿色的草地像绒毯一样平铺在小小的谷地，阳光毫不吝惜自己的光芒，在这绿色的地面上留下闪亮的光辉。

阿雅像在光滑的冰面上挣扎之后终于走上河岸的小鹿，面对坚实的地面竟然有点不知所措，于是他就这样跟着爷爷走上平坦松软的草地，像走进一个绿色的梦境。

这是一个温暖无风的地方，林间空地上集结了众多的红蜻蜓，这些林地的小精灵，像是被某种看不见的气流所左右，围绕着一个并不存在的中心盘旋着。

"小心，不要踩在水里。"走在前面的爷爷提醒阿雅，他显然已经看出阿雅失神了。

可还是晚了，闷在球鞋里一早上的脚感受到了久违的清凉。此时他们已经走进了绿色谷地的最低处，整个夏天的雨水汇集在这里，形成一个季节性的小湿地。随着爷爷和阿雅的脚步，青蛙跳进水中，扑通声此起彼伏。

爷爷选择了一条在草地中若隐若现的小路，比较干爽。

阿雅并没有走上这条小路，甚至对它视而不见，他蹚着水走，惊起更多的青蛙跳进湿地的深处，裤子上留下抽穗的蒲草黄色的种子粉的痕迹。

爷爷回头看了一眼，并没有说什么。

走过两座小山之间的湿地之后，他们开始爬坡。

爷爷不知不觉放轻了脚步，这是一个长久在森林中行走的人所特有的步伐：脚选择性地落下，避开可能发出声音的松脆的枯枝或随时会滑动的小石块，每个落脚点都精确而恰到好处，抬脚时同样如此，所做的一切只是为了不要发出声音。这似乎是行走在森林中的一个必要的准则，不要惊扰这安静的世界。

阿雅当然知道做到这一点并不容易，但他学得很好，而且已经接近完美，这是他认为的，他甚至相信爷爷耸动后背的动作是对他的赞许。

他们就这样缓慢地爬上山坡。

轰隆一声，阿雅感觉自己像踩在一颗地雷上，伴随着令他感到头晕目眩的呼啸声，那爆炸的气流自下而上贯穿他的全身，最后在他的耳边炸响。

阿雅小心翼翼地睁开眼睛，那只鸟已经飞出很远了，在空中画出一个巨大的圆弧，正试着在湿地边的一块草地上降落。

是一只鹌鹑。

阿雅对自己的表现感到满意，尽管吃了一惊，但是并没有像上次那样大叫，他很好地控制了自己。大概是因为这种鸟身体过于沉重，而且又是在地面上垂直起飞，所以不得不发疯一样高速地拍动翅膀，起飞时才会发出那样颇有声势的声响。

这种鸟总是一动不动地藏在草丛里，直到人走到它的身边，它实在藏不住才会突然飞走。

阿雅实在不明白，为什么刚才爷爷走过时它没有起飞。

尽管身后发出这么大的响动，爷爷却头也没回，甚至没有任何反应，他继续向前走。尽管爷爷没有说什么，阿雅也很清楚确实可以为自己的表现感到自豪了。

阿雅的脚步也轻快了很多，即使鞋子里进了水，会不时地发出咕叽咕叽的声响。

爷爷的脚步出现小小的停顿，阿雅也跟着停了下来。虽然只是小小的停顿，但经常和爷爷一起进入森林的阿雅知道，这是一个经常在森林里行走的人在辨别自己所处的位置或方向，那标志物也许只是某棵看起来并没有什么特殊的枯树，或者是上一次经过时故意折断的树枝。

爷爷回头看了一眼阿雅，并没有什么表情，但是他在阿雅的目光中得到了准确的答案，这显然令他感到满意。

在安静的林地不需要说话，只用眼神交流就足够了。

阿雅同样感到满意，他一直期待着爷爷用这样的方式与自己交流。他相信自己的表现正接近完美。

阿雅知道随着他们慢慢地接近小丘的顶端，他正感受到那种气氛——不能发出任何声音。

他们正在接近那个好东西。

接近好东西

他们确实没有发出任何声音。

太阳已经升得很高了,阳光穿过重重的树落在地面上,林地间的湿气正慢慢地升腾,在半空中出现彩虹般不可思议的色彩。阿雅陶醉于这种宁静中,他听到远远的林地里一只啄木鸟敲打树干时发出的寂寥的笃笃声,在森林里这声音可以传得很远。还有风声吹过林地顶端的枝梢发出的轻微的沙沙声。

当然也有小鸟的合唱,你根本看不到它们在哪里,但它们高昂的合唱声会让人以为自己正参加一个盛会。有时候,阿雅早上会一个人到小屋后面的那片白桦林里听鸟鸣,它们总是在天刚刚亮时叫得最响亮。阿雅曾经试着将鸟鸣声录下来,但他发现重放的效果与原来的感觉非常不一样。于是他放弃了这种复制鸟鸣声的想法。

"想什么呢?"阿雅不得不提醒自己,不要又走神了,那样又会弄出什么响动。

爷爷已经领着阿雅登上小丘。一棵棵巨大的松树笔直得让人感到不可思议,爷爷告诉阿雅,这是一种让所有的松树都可以获得良好光照的共生方式。

阿雅从松树上掰下一块已经凝固的深棕色树脂,放进口中,一种苦涩的清香顿时在他干得发疼的口腔里蔓延开来,林地里的人们总是把它们当作清洁牙齿的口香糖。

爷爷此时的动作像在水中行走一样缓慢。

最开始与爷爷一起进入林子时，阿雅还小，他觉得这样的动作十分可笑，或者有点小题大做。慢慢地，随着进入林地的次数多起来，阿雅开始了解保持安静的必要，不打扰一切的态度。不发出任何声音，似乎自己就是林地的一部分。一次，阿雅和爷爷就这样一动不动地站在林间的一片空地中，他是在爷爷的示意下这样做的。没等多久，一头鹿出现了，先是枝杈一样的鹿角，然后是俊美的头颅，修长的脖颈，挺拔的腰身，那身皮毛在阳光下闪闪发光。它不紧不慢地低下头，嘴唇灵巧地从地上拾起松软的块菌，它抬起头时看到了阿雅和爷爷，它发现了他们。

　　但是它的眼睛里并没有恐惧，阿雅从来没有见过那样温和而沉静的眼睛，没有一丝杂质的眼睛，那样平静地注视着他。它显然相信他们也是这森林的一部分。后来它慢慢地走进林地深处了。阿雅心跳加快，他不敢相信自己的眼睛。

　　"假如你做得好，就会成为林子的一部分。"爷爷告诉阿雅。

　　爷爷站在一棵巨大的松树前，慢慢转过身来，看了一眼阿雅，然后指了指前面。

　　好东西就在那里了，阿雅屏住呼吸，因为兴奋和紧张，本来他已经呼吸困难了，此时更是憋得满脸通红。阿雅知道自己的动作一定像是在胶水里游泳一样滞缓，但这是保持安静、不发出声音的最好办法。

　　阿雅终于靠到爷爷的身边，为了使自己的每一步都恰到好处，落在合适的位置，他觉得自己的样子像在担心跌倒会打碎瓷器一样小心。

小山另一侧的山坡上是大片开阔平坦的草地，只长着稀稀拉拉的几棵树。这是观察好东西的绝佳位置，从这里望过去，整个山坡一览无余，还可以很好地利用前面的巨大松树作为屏障掩护自己。

在下面的草地上有一张与周围那种鲜亮的绿色格格不入的破旧床垫，也许是因为面料的原因，那床垫在阳光下白得耀眼。

在这深山老林里出现一个现代化的弹簧床垫是有点让人感到奇怪，不过也不至于让爷爷说这是好东西呀。而且，阿雅知道，几年前，在离这里不远的一片林子里有人开了一家度假村，但很快就倒闭了。据说是因为来这里的人适应不了没有水电的生活。也许是哪个好事的人顺手把床垫扔在这里的。

这也算是好东西？阿雅第一次对爷爷的权威感到质疑。

他扭头看爷爷，爷爷一动不动地站在他旁边，眯着眼睛，目不转睛地俯瞰着那块小小的绿色谷地。

阿雅知道，爷爷在等待什么。

躺在床垫上的熊

阿雅知道爷爷对森林的了解程度。阿雅与爷爷度过的第一个大雪的夜晚，阿雅在暖融融的炉火的烘烤下昏昏欲睡。正借着油灯的光线摆弄一块鹿角的爷爷突然停下了手中的活计，将那块已成半成品的鹿角放在桌上——猎刀已经在上面雕琢出一头母鹿哺乳小鹿的轮廓。

爷爷眯着眼睛，一动不动地倾听，然后回头看了阿雅一眼。

爷爷在笑，那种笑意带着某种得逞般的快意。阿雅顿时清醒，他试着从爷爷的眼神中发现什么。

爷爷调暗了油灯，然后走到窗前，示意阿雅一起过去。

阿雅用手指把窗子上结的霜融化出一个小洞。在明亮宁静的月光照耀下，雪后的林地十分静谧，像是荒野中最遥远的童话世界。

阿雅看到那两只俊美的小兽，其中一只正抬起俊俏的头向窗户这边张望。是两只狐。

爷爷兑现了自己的诺言——来到爷爷的木屋之后阿雅就央求爷爷带他去森林里看狐，他想看火红色的狐。

两只狐已经换上了厚实漂亮的毛，蓬松粗壮的尾巴轻飘飘地拖在身后，在月光下它们浑身上下闪烁着古铜般的华美光泽，像森林中的精灵。它们正在木屋前的雪地上觅食。

"狐，还用去林子里看？"当阿雅提出这个要求时，爷爷只是随口说了一句。不过从那天晚饭后，爷爷就将剩饭剩菜倒在小屋前空地上的一棵树下。

那是阿雅第一次看到生活在野外的狐，当那两只狐悄悄地走出黑暗的森林，来到小屋前的空地上时，爷爷就知道它们来了。森林里所有的事爷爷都知道。

阿雅此时也保持着被冻住般的僵立姿势等待着。

毕竟是大型动物，当它在对面的山坡上出现时，还是撼

动了一丛结着红色浆果的灌木。

是熊！阿雅感到自己的心跳已经停止了。一头壮硕的熊，春天早已过去，在食物丰沛的夏季里，它将这森林里所有可以找到的食物都吞进肚中，化为腰腹间的油脂，它摇摇晃晃地走出灌木丛，以熊特有的慢吞吞的步伐向这边走了过来。

除了人类，熊在这森林里几乎没有任何敌人，如今猎人也越来越少，它是一头生活在天堂里的熊。

一头熊大摇大摆地出现已经足以令阿雅震惊，更加令他感到不可思议的是，它居然向那个床垫走了过去，而且并没有表现出任何接近陌生事物的小心翼翼，或应有的谨慎。

它走到床垫前面。在本能的驱使之下，它还是停了下来，先是巡视了四周一圈，然后扭动着粗大的脖子，迟疑地翕动着鼻翼，检视着四周。

阿雅屏住了呼吸，他下意识地将一根手指伸进嘴里，因为过于紧张嘴里干得厉害，不过他还是用那少得可怜的唾沫濡湿了手指，然后哆嗦着将手指举到面前。

尽管测试风向的办法并没有起到实质性的作用，他只是感到手指发凉，并没完全确定风的来向，但从爷爷的赞许目光中他已经确信，他们此时位于熊的下风口。

这测试风向的办法，爷爷教他的时间并不久。

那熊对自己的嗅觉相当信任，也对检查结果感到满意。它突然直立而起，只是用两只后爪支撑着，露出胸前一片月牙形的白毛。尽管它们有时会用这种方式发现开阔地里的猎物，但直立并不是它们擅长的动作，只是短短地站立了几秒钟，它就猛地扑下，两只前爪重重地落在床垫上。

阿雅在远处也听见了床垫里的弹簧发出的嘭嘭声。

熊这么做了三次，就在阿雅怀疑它的扑击会超过弹簧的承受范围时，它慢悠悠地贴着床垫边趴下了，以一种蠕动般的动作慢慢地将全身蹭上床垫。它在床垫上躺下了！

这么说它刚才的那些动作竟然是睡前在将床铺拍松，不可思议，太不可思议了。阿雅看了看爷爷，爷爷并没有什么表情，眼前的一切显然并没有让他欣喜或激动。

爷爷不是第一次来这里，在带阿雅来之前，他就已经选好这个处于下风口的绝好观察地点。

熊惬意地躺在床垫上，大概是为了遮住耀眼的阳光，他将左前爪举到眼前，摆出一副海滩度假者般慵懒的姿势。

它像睡着了一样一动不动，突然间它极其愤怒地举起爪子在耳边挥舞着，显然是在驱赶闻讯而来的蚊蝇。

也许保持这种静止的姿势本身就让阿雅感到疲劳，他将身体重心转移到左脚，以此种方法让另一只脚休息一下，当身体的重量全部压在这一只脚上时，他一直害怕的事情还是发生了。埋在松软腐叶中的一根枯枝被折断了，随着那"惊天动地"的声响，阿雅恨恨地想这根树枝大概从树上落下时，就开始盼望着这一天了。

熊顿时中止了自己的"假期"，它惊愕地抬起头，向这边张望，不过它并没有像阿雅想象的那样一跃而起，掉头逃进丛林里。它极不情愿地爬了起来，显然这不合时宜的声响打乱了它在这温暖夏日晒太阳的计划，它也失去了继续晒下去的兴趣，它慢悠悠地向灌木丛走去，阿雅的视线里只留下一个丰硕的臀部。

在进入丛林之前，它还回头怨恨地向这边望了一眼。

熊走了。

阿雅回头时，爷爷已经转身向回走了。

阿雅多少为自己不小心弄出声响的行为感到懊恼，进入森林已经很久了，阿雅认为不应该出现这种失误。但他感到，爷爷并没有因为熊的离开而表现出什么，甚至好像希望这种表演快点结束，感谢阿雅弄出响动结束了这一切。

回去时他们走得不快，天已近正午，太阳升入正空中，将巨大的热量传递到森林里。高大的树木挡住了一切，森林里凉爽而安静，鸟不知道都躲到哪里去了，只有执拗的细

碎阳光穿越树冠细小的缝隙，在林地间留下碎金般耀眼的光斑。

袅袅的水汽升腾而起。

阿雅注意到爷爷后背上的汗水已被体温烘干，呈现轮廓分明的汗渍。几乎每次进入森林都会这样，他们遵循着丛林行走的法则，悄无声息地行走。偶尔，爷爷会停下来，放慢脚步，肩部轻轻地耸动着，那里也许有一副野猪的骸骨，或巨大的塔状猴头菇，他总是用最少的语言告诉阿雅森林中的一切。

他们登上最后一座小山的山脊，已经可以看到小木屋了。爷爷停下，从肩上取下水壶，递给阿雅。阿雅拧开壶盖，喝了一口被爷爷的体温焐得温热的水，然后将这只年代久远且绿漆已经剥落殆尽的军用水壶还给爷爷。

爷爷也抿了一小口。

这是他们的休息时间，每次他们外出，爷爷都会选择适当的地点休息，这已经形成一个习惯。他眯着眼睛望着一直绵延至天边的黛色林地，这里是看不到地平线的。阿雅知道，这片直到天边的林地里，只住着爷爷一个人，当然，现在还有他。这片广袤无边的林地，此时，有风吹起，远处山坡上的松树发出了沉稳的松涛声，更多的落叶树在风吹过时，叶片翻动，露出绿色叶片的背面，像以缓慢的速度游动着的深海鱼群，闪露出银色的肚腹，但倏忽之间又消失在深海中了。其实大片的森林都在以肉眼不易觉察的幅度在风中轻轻摇动，更像一种巨大的、无法感知的绿色的呼吸，阿雅知道自己就在呼吸。

森林中是有声音的。

"那熊，"阿雅说，"不应该那样，是吧？"

爷爷没说什么，把水壶重新背好。

他们开始下坡，下山总是比上山更累。阿雅也闭紧了嘴，后倾着身体，他已经学会怎样下山。他第一次下山时因为控制不住自己的速度，一直向下跑，直到怪叫着扑倒在一片草地里才停下来。草地很柔软，他并没有摔伤。从那次以后，阿雅知道下山时如果坡太陡可以半侧着身体，一腿在上，一腿在下，慢慢地走。

阿雅和爷爷几乎是一同起床的，他们走出小屋时，阳光还没有穿过树梢照进这片林间空地。

因为前一天已经走过，他们今天走得很快。此时每一种植物都像饱含着水分的池塘，每个叶片都蕴积着指腹大小的一汪露水。阿雅和爷爷小心地不触碰任何一株植物，其实这是一条带有潜在危险的"小河"。在植物茂盛的林地里行走，却想要不触碰任何带叶片的东西，几乎是不可能的，于是当阿雅不小心碰到一棵小树时，就制造了一场小小的雨。

阿雅和爷爷走到那片林间空地时，身上的衣服已经快湿透了。当然，他们如果晚一点出来，林地里的露水就会被晒干。

太阳升起来了。因为走得太快，他们都感到有些累了，于是坐在一段枯树干上休息，让阳光慢慢地晒干身上被露水打湿的衣服。

爷爷取下水壶，递给阿雅。阿雅喝了一口水，然后将在阳光下亮得耀眼的水壶还给爷爷。

爷爷并没有喝水。

他们又坐了一会儿。随着太阳越升越高，阿雅感到身上的衣服正慢慢地干爽起来，他甚至可以感觉到那种水汽被蒸发的过程。他看了一眼爷爷，果然是这样，爷爷的身上真的升腾着水汽、像腾云驾雾一样。

大概是因为羽毛晒干了，林地里的鸟活跃起来。各种各样的鸟以自己独特的方式开始鸣叫。不进入森林，很少可以听到这么多鸟一同鸣叫。那是几百种声音的结合体，像孩子的口哨声、击打木棒的声音、野猫受惊时的惊叫声，但更多的是一些真正意义上的让人欣喜的美好叫声，清新得如林地早晨的阳光。阿雅相信如果这林地失去鸟的叫声，就会如墓地般岑寂。

阿雅试图在这些鸟的合唱声中发现从未听过的鸣叫声，那将是一种发现新大陆般的欣喜，当然，他知道自己也许永远也看不到这小小的歌唱家在叶片下闪动的小巧影子。这陌生而美妙的啼鸣声会被鸟群的叫声所覆盖，阿雅耐心地倾听，直到那歌声像山石间突现的泉水一样出现，有别于其他的鸣叫声。它会唱得很久。这个夏天，阿雅已经发现了三种新的鸟鸣声。

但阿雅也经常警告自己不要被鸟的叫声欺骗了。阿雅曾经在一个早上被一阵洪大清亮、铿锵有力的叫声惊醒，他花了一个多小时在苇塘边想要弄清楚到底是多么大的一只鸟发出这样震撼的叫声。当那只鸟终于结束晨唱心满意足地振翅飞走时，阿雅发现不过是一只隐藏在苇秆间自我陶醉的颜色灰暗的小鸟，并不比一只大山雀大多少。那是一只苇莺。

阿雅最喜欢的还是林莺的鸣叫声。那是一种墨绿色的小鸟，就在小屋前的灌木丛里做巢，一只由叶片和各种纤维织就的比鸡蛋还小的巢，刚孵出的小鸟竟然比豆子还小。阿雅计算过，它们从孵出到离巢共需要十二天。

于是阿雅每天都在林莺清亮而似乎永远不会终止的鸣叫声中醒来。它们选择在这里筑巢是因为这里不会受到野生动物侵扰吧。

终于，轰的一声，远远的林地上空升起一股浓烟。但它并不像无风的烟柱那样袅袅地直上蓝天，而是在随意地变换着宽度，并以惊人的速度在空中移动，而且烟雾的浓淡也不时发生变化。粗的部位淡一些，细的地方浓一些。那是集体外出觅食的灰椋鸟群，它们互相催促的聒噪声与翅膀急骤扇动时的声响交汇在一起，发出一阵类似急雨击打叶片时的嘈杂声音。这些弱小的个体集聚在一起时，就会产生席卷一切的龙卷风般的可怕气势。它们从林地上空飞过，眨眼间消失在森林后面。当这强大的群体呼啸而过时，连鹰也会不知所措，晕头转向，这也是灰椋鸟的一种生存方式吧。

化为灰烬的床垫

新的一天开始了。

"开始吗？"尽管阿雅身上暖洋洋的，还想继续晒一会儿太阳，不过他还是从枯树干上跳下，问爷爷。

爷爷没说什么，站了起来。

床垫还在原来的位置。只是一个普通的弹簧床垫，没有任何特殊的地方，不过在一个边角处有一个磨损的洞，这就是它被丢弃的原因吧。

床垫上装饰的是几朵已经褪色的百合花。阿雅蹲下，仔细地搜索着床垫的表面。

"找什么？"爷爷问。

"没什么。"阿雅站起身，开始四处张望，寻找合适的木柴。其实他是想找一找床垫上会不会留下熊的毛。

阿雅从附近的灌木丛里一次次地运回干枯的树枝和干得发脆的落叶，爷爷则将这些堆在床垫上。

爷爷不许阿雅去林子更深处寻找木柴，他说："熊，说不定就在附近。"

不一会儿，木柴已经将整个床垫掩盖起来。爷爷用火将柴堆点燃。柴堆中冒出一缕细小的青烟，越来越淡，最后消失了。

也许是木柴不够干，太潮了，不过爷爷在下雨时也可以生起篝火。正在阿雅怀疑火是不是已经灭了时，噗的一声，柴堆的正中冒出一朵小小的火苗。

火迅速地蔓延了起来，烤得阿雅脸上发烫，他不得不离得远一点。火让阿雅感到兴奋，爷爷从不许阿雅玩火，不许他在森林里点起哪怕最小的火苗。

几乎没有什么烟，火焰腾起一人多高，枯枝噼噼啪啪地炸响。

火烧了半个多小时，中间阿雅又添了一次柴。当火熄灭时，只剩下白色的灰烬和十几个被烧成黑色的弹簧，阿雅知道，几场大雨过后，这些弹簧就会慢慢生满红锈，最终化为红色的粉末，融入泥土之中。

阿雅和爷爷登上山坡，爷爷做了个手势，阿雅立刻停住自己的动作，他们此时的位置恰好在一棵树后。

他们俯瞰下去，那头黑熊正从对面山麓间露出身影。它闻到了火的气味，犹疑不定地站在原地，拼命地翕动着鼻翼，其实它完全不必有此动作——火已经代表着人类的到来。

它小心翼翼地又向前移动了几步，目标是那堆灰烬。

然后，它掉头逃走了。

阿雅知道它再也不会回来了。

海兽的栖息地

[俄罗斯] 斯·萨哈尔诺夫

小路穿过茂盛的草丛，向山岗上攀登。沃罗嘉闷头走着，一言不发，瞧不出他是不欢迎我与他同行，还是根本不爱说话。

迎面吹来湿漉漉的风，还有一阵阵微弱的叫声传来，好像前面有一群羊，还有一股牲口栏的气味。

"起风了。从海上刮过来的风！"沃罗嘉说。

我不明白，这是好，还是不好？

走完最后几步上坡路，我们来到了山口，我立刻眼前一亮：辽阔的大海在阳光下熠熠生辉，嘈杂的吼叫声震耳欲聋。

原来海兽的栖息地是这样的！在我们的脚下有两片大海：一片是铁灰色的真正的大海——泡沫翻腾，浪涛滚滚；另一片是活生生的动物的大海——成千上万只海兽趴在沙滩上。

海狗，海狗，全是海狗……有庞大的雄海狗，有娇弱小巧的雌海狗，有很小的小海狗，稀稀落落，像葵花子似的。

在黑乎乎、咖啡色的海狗之间，时而这里，时而那里，突起一个白"火花儿"——那是海鸥在走来走去，飞来飞去。

真是一个生疏的、令人不可理解的巨大世界！

我在草丛里躲了整整一个小时，惊讶地望着这个世界，同时仔细倾听。后来，沃罗嘉朝我打了个手势，意思是说：该走了！

"风向变了！"他低声说，"万一它们闻见我们的味儿，骚动起来，会把小家伙压死的。咱们走吧，走吧！"

"哪些小家伙？"

"小海狗。"

"啊……"

我们尽量不弄出声音，小心翼翼地爬了回去。

滨海洼地

第二天，我没等到开饭，就走出小屋，翻过山岗，慢慢地朝北走去。

我身子紧贴着陡峭的绿色山坡走，尽量不惊到海兽。

海狗是一个家庭一个家庭地躺在一起。巨大的雄海狗在中间，几只个头小的雌海狗围在雄海狗四周，旁边是一群黑不溜丢的小海狗。

在沙滩上、岩石上和水里，还有一些闯入海狗栖息地的客人——又肥又大的黄色北海狮。

我走得很慢，不时停住脚步仔细观察，以防漏掉什么有趣的事情。

打架

这里有两只年轻的雄海狗，面对面地站着。它们伸出了鳍，不停地转着脖子。

"噗——尔！噗——尔！"

它们为什么争吵？一定是为了抢地盘。现在一只雄海狗抓住机会，用牙灵巧地一口咬住了对方的肩膀。

受伤的海狗也不甘示弱——对着欺负它的那只海狗的前额咬去。现在双方都负伤了。个儿稍小的那只终于招架不住，转身便逃。它把身子朝上一扬，把鳍往前一甩一甩，拖着下半身跑，弄得地上的沙子向两侧飞溅！

它跑着跑着，半道儿上遇见一个庞然大物——一只睡得正香的北海狮。海狗跑得太快，没有停住，一头钻到北海狮的身子底下去了。它在北海狮两片像圆木一样粗大的鳍之间转了一下，就屏息不动了，心想：我这是到了哪儿啦？

北海狮根本没有理会。它迷迷糊糊地哼了一声，用一片鳍盖住逃命的雄海狗。雄海狗只有头露在外面了。

第二只雄海狗也跑过来了。"停！让我受委屈的小子跑哪儿去了？"它用鼻子闻了闻，发现它就在这附近，仔细一瞧，"哦，原来在这儿！"

追来的雄海狗吼叫着，威吓着，可是不敢走到北海狮跟前来。北海狮这个庞然大物，怪可怕的！

追来的雄海狗吼叫了一会儿，就蹒跚地走到一边去了。

我躲在草丛里，卷着摄影机里的胶卷，不知道这件事会怎样结束。

北海狮睡着睡着，感觉翻身的时候有点不得劲儿——两鳍之间，有个东西挺碍事儿的。

它低下头，用牙叼住海狗的脖子，连看也没有看一眼，就一晃脑袋。两米来长的海狗飞到半空，摔了个倒栽葱，扑通一声掉进水里！

北海狮连眼睛都没有睁一下，又把头放下去睡了。在滨海洼地上睡觉，它觉得又暖和又舒服！

小黑海狗

我又躺在一群小黑海狗附近的草丛里了。我想看看小家伙们在干什么。

敢情它们在做最重要的事情——学游泳。小海狗们在水边遛来遛去，转着小脑袋，一会儿瞧瞧大海，一会儿瞧瞧沙滩。到水里去，它们怪害怕的……但是身体里有一股力量在促使它们进到水里！小黑海狗们挤到水边，又跳开：海浪在朝沙滩上打过来，得小心点，会浇在身上的！

一只小黑海狗逃得慢了些，被一个冲上岸的浪头卷到了海里。小家伙在水里扑腾着，像鸟扇翅膀似的抖动它的鳍。水没有托住它——它没入水里看不见了。但它立刻又浮出水面，吸了一口空气，像摆尾巴似的把后鳍一摇，就向前游去了。

它游到岸边，匆匆忙忙地转动着小脑袋，在下一个浪头打过来之前，自己来得及爬上岸吗？

来得及——它已经爬上了岸。

我用目光寻找海狗妈妈们。附近一个海狗妈妈也没有。海狗爸爸躺在沙滩上，却看不见海狗妈妈——海狗妈妈全下到海里去了，大概在觅食。这时从水里出来了一个海狗妈

妈，它径直朝自己的孩子爬了过去。它是根据叫声找到自己
孩子的。海狗妈妈往沙滩上一躺，侧过身子。小海狗马上把
嘴伸到妈妈的肚皮上，晃动小脑袋，吃起奶来。是的，没有
比妈妈的奶更好吃的东西了。

海鸥

在棕褐色的海狗之间有许多海鸥。它们在啄食蠕虫、腐
败物和各种各样可以吃的东西。

一只海鸥发现我头上面的草在动。它便朝我飞了过来，
张开翅膀，悬在空中。

它不停地叫着："依——夫！依——夫！"

第二只海鸥跟在它后面飞来了。它们拼命大声叫着，向
我俯冲，眼看就要啄我了。

海狗也都表现出惊慌不安的样子。原来正在睡觉的，睁
开了眼睛；没睡觉的，也抬起了头。它们都在用鼻子闻，都
在向四面看。有些海狗还赶紧爬到离水近一些的地方，以防
万一。

我背上背囊，弯腰钻过草丛，走上山岗——还是离那些
动物远一些吧！别找麻烦！

原来这里的海鸥不仅负责清洁工作，还负责守卫工作！

北海狮

我在山岗上走着，看见底下滨海洼地上的大圆石上一动不动地趴着一些黄色的北海狮。我心想：我悄悄地走到跟前瞧瞧！

我这样想着，开始往下走。

我走到了山坡下。这儿的草高得没过我的头顶，脚下是沙滩。

突然，我眼前的草丛里露出一个光秃秃的庞然大物——一块大圆石。我蹑手蹑脚地走到大圆石旁，躲到大圆石后面，慢慢地直起腰。我一抬头，竟发现自己和一只巨大的北海狮面对面。我在大圆石这边，它在大圆石那边，大眼瞪小眼，你看我，我看你。

北海狮不时动弹一下脖子，它这样一动弹，皮下的脂肪就挪挪地方。它的视力很不好，但是它察觉出有危险，用鼻子闻着，想搞清这种使它惊慌的陌生气味是打哪儿来的。

我纹丝不动地站在那儿。北海狮用浑浊不清的眼睛端详着我，仿佛感到莫名其妙：我是一块石头，还是一个活的东西？

我忍不住眨巴了一下眼睛。北海狮发现了我这个动作，扯着喉咙大吼一声，歪着身子倒下去，摇摇摆摆地抖动起来，沙土像雨点般从它的鳍下向外飞溅。北海狮摇晃了一会儿之后，飞快地向水边跑去。跑到半道，它扎进了另外一群北海狮之中。那些北海狮，就像听见了号令似的，惊惶失措地大声叫着，争先恐后地跳进水里。海浪翻滚着朝岸上打来！

巨大的北海狮一会儿潜入水中，一会儿浮出水面，向远处游去了。

海獭

我继续往前走，走到一个小海湾。这小海湾被一块高大的岩石与大海隔开，所以水面十分平静。一簇簇褐色的海带从水底伸向水面，漂浮着。一阵小风吹过，长长的叶子便飘动起来，徐徐地舒展开。

忽然，我发现有一只小兽在海带之间慢慢地游了过去。它游的方式很奇怪，是仰泳。

它把两只前爪放在胸前，两只后爪贴在肚皮上，只靠身体的动作游着。小兽游到小海湾中间，将有胡须的小圆脸朝上一仰，一下子钻进水里去了。等它再浮出水面时，又肚皮朝上躺在水面，两只前爪抓着两个黑乎乎的东西，它把这两个东西往一块儿碰撞，不时抬起有胡须的圆脑袋，仔细瞧瞧碰撞的结果。

这时，我才想起，海獭喜欢从海底拾海胆，同时还拾石头，然后肚皮朝上躺在水面，用石头砸海胆。它把海胆身上的刺全砸掉后，塞进嘴里。可惜我没能把这有意思的奇观看完，因为从海岸上飘过来一团浓浓的雾，将小海湾笼罩起来。岩石看不见了，海面灰蒙蒙一片，雨丝像尖锐的钉子似的戳在水面上，海獭也不知去向了。

老海狗

现在我认识路了，回去时走得很快。我翻过山后，又来到海兽的栖息地。

在离海狗群稍远一些的地方，有一只老海狗卧在一个小浅坑里。它已经很老了，身体两侧的毛脱落了，显得光秃秃的。一群苍蝇在它身边嗡嗡地飞。老海狗挡了我的道，但是我累了，懒得走远路绕过它。

直到我走到老海狗的跟前时，它才惊慌起来。风将我的气味刮向一旁，所以老海狗不知道是谁在朝它走过来。它向我伸出有胡须的窄长的嘴，用沙哑的嗓音叫了一声，然后瞎扑腾一阵，想从浅坑里爬出来。它那双老眼睛，看不清是谁在它面前。我觉得它很可怜，便站住不动了。

老海狗以为是虚惊一场，大声叹了一口气，又重新躺下睡觉。

这时，突然传来扇动翅膀的声音。一只海鸥落在沙滩上，它斜着眼看了我一下，蹦到浅坑旁，把嘴伸到老海狗身子底下，从它的肚皮上拔下一撮毛，然后懒洋洋地扇扇翅膀，飞走了。

我小心翼翼地往后退了一步。老海狗在睡梦中打了个哆嗦。

我心想：这是它最后的一个夏天了。

海狗和汽车

第二天，当我和尤尔卡一起来到滨海洼地时，已经开始涨潮，海水淹没了岩石的顶端。平时总喜欢待在岩石上的北海狮，这会儿都到岸上去了。

山岗后面传来马达的突突声。

淡蓝色草地上，开来一辆重型汽车。雄北海狮立刻焦虑不安地吼叫着，骚动起来。海鸥升到天空中，飞过去瞧个究竟。雌北海狮惊慌失措地用鼻子闻着：是不是大难临头了？

只有那些小黑海狗还在继续打瞌睡。汽车开到滨海洼地上来了，驾驶室里坐着三个工人。汽车开到水边，停了下来。三个工人跳下车，开始用大叉收集沙滩上的垃圾和动物尸体，扔到车上。我感到非常惊讶，我以为准会一团糟：所有的海狗准会像潮水似的慌里慌张地向水里逃去，小黑海狗很可能被踩死、压死……但是实际上那些海狗很快就安静下来了。只有一些雌海狗轰着小海狗，向旁边挪了挪。

显然这里的海狗已经看惯了汽车。工人们收拾完垃圾，就到别的地方去了。

我和尤尔卡坐在小山岗上。丘古诺夫在小山岗下跟在汽车后面走。他手里拿着一本记录本。他走到海狗群旁，数了一遍，记在本子里。他仔细地瞧着它们，就像医生瞧着病人一样。

海狗的声音

我们需要录下海狗的声音。

丘古诺夫携带录音机，留在小山岗上了。我拖着一条包着黑色橡皮管的电线，在海滩上朝海狗爬了过去。

我想尽一切方法不惊动那些海兽。

但是，一只离我越来越近的雌海狗露出了惊慌的样子，它欠了欠身子，抬起棕黄色的尖嘴，抖动着胡子。

它旁边的几只雌海狗也从沙地上抬起了头。一只个儿特别大的雄海狗忙活起来了。突然，整个海狗家族，好像听到一声口令似的，一齐向水边爬去。

其他海兽也动起来了。只见无数有胡子的黑脑袋在乱摇乱转。

电线抻直了。我用力一拉，停了下来。丘古诺夫在气呼呼地打手势——叫我快回去！

我们急忙离开了海滩，让海狗群安静下来。我们一个小时以后才回到那里。

这一次，丘古诺夫决定由他来试试。他到小屋取来一根大竹竿，把麦克风绑在竹竿上。他举起一只手，探了探风向，然后打量了一下周围，看从哪儿走出草丛更合适一些。

我留在录音机旁。

丘古诺夫低着头往前爬，等爬到离最近的一只雌海狗仅有六步路远时，他停住了，趴在那儿半天没有动。海狗们发现有个不知是何物的黑点在向它们移动时，又有点惊慌，但是闻了闻空气，就放心了。它们在上风口。

丘古诺夫不抬身子，悄悄地把绑着麦克风的竹竿伸到海狗的身旁。我按下了录音机的录音键。

后来，丘古诺夫又爬到水边的小黑海狗群旁。他将麦克风一直伸到小黑海狗的嘴边。小黑海狗扭头躲闪着。有一只小黑海狗对竹竿上那个亮晶晶的玩意儿很感兴趣，一扭一扭地走到跟前，用鼻子戳了戳，还咬了一口尝尝。

最后，我们给一只大雄海狗录音。它已经离开了雌海狗，独自躺在一旁。

这只雄海狗离我很远。丘古诺夫从它背后爬过去，将麦克风放在它旁边。这只巨大的海狗没有理会。这时，丘古诺夫忽然欠起了身子。雄海狗立刻用两只眼睛注视着他。他俩——人和兽——彼此对望了一会儿，然后雄海狗吃力地摆动着鳍状肢，向后退去。它发出一声短促而低沉的、愤愤不满的吼叫。

晚上，我们在小屋里听白天的录音。有海浪声和海兽们的叫声。后来，有喘气声、哼哼声——声音懒洋洋的，是那只雌海狗的声音！沉默了一会儿，小海狗尖声尖气的叫声响起来了。咯吱一响——小海狗咬了麦克风一口……

在海浪声和沙子的摩擦声之间，传出一声受了惊扰的大雄海狗的怒吼声，声音既雄壮又威严，充满整个小房间。

"行了，录得不错！"丘古诺夫高兴地说，"我们没有白费劲。"

人与海狗

临行前，丘古诺夫给我描述了海兽栖息地冬天的情景。

有一年，他在这里待到十一月底才离开。那年的冬天，天气恶劣：时而下一场雪，时而雪又化掉。小屋里非常潮湿。海狗全游走了，只剩下一只雄海狗，它原本是一只个儿很大的雄海狗，那时却瘦成了皮包骨，身上既没有脂肪，也没有肌肉。别的海狗早已到了暖和的地区，这只海狗却好像舍不得走似的，一会儿下水，一会儿爬上岸……

"一天早上，我到海滩上去看时，"丘古诺夫说，"发现这只海狗不见了，它终于游走了。就在那一天，下了一场大雪，气温骤然下降……"

第二年春天，冰雪刚一融化，丘古诺夫就到海兽栖息地去了。他站在滨海洼地上，用望远镜观看时，忽然看见一个黑色的脑袋渐渐靠过来，正是那只雄海狗。它游到岸边，长长地吁了一口气，爬上岸，在海滩中间挑了一块最好的地方，占上了。这是它为自己和自己未来的家庭占的地方。

它躺在那儿，显得那么神气，那么健壮！一个冬天，南方的伙食把它养得十分强壮。

他和海狗就在岸上一同待到傍晚，望着大海，看还有谁继续游回来。

（王汶　译）

狍子的名片

外表呆萌可爱

狍子，属中小型鹿类，在中国的栖息地一般以东北、西北、华北以及内蒙古为主，东北的数量最多，被称为"东北神兽"。它们外表呆萌可爱，有着比一般的鹿更短圆的脑袋，大大的眼睛上顶着一对醒目的招风耳，白白的嘴唇像刚吃完奶油一样，犄角和尾巴都超级短小。狍子只有雄性长角，主要用于争夺配偶，繁殖期过后角会脱落重新生长，一年换一次角。狍子身上的毛会随季节的变化而改变颜色，冬天、春天它们的毛色会调整为灰白色或浅棕色，到了夏天、秋天，它们的毛会变成棕黄色或深棕色。

白屁股会爹毛

狍子的臀部天生有一圈白毛，一般呈心形，远远望去非常醒目。成年雌性狍子带幼崽的时候，它们的白屁股会起到引导作用，可以让小狍子跟着，如同信号灯一样。

在受到惊吓时，它们臀部的白毛会张开，像一朵花一样，这是它们受到威胁后的一种自然反应。另外，参开的白屁股可以迷惑敌人，并为同伴发出警示信号。

比智人还要古老的生物

狍子给人的第一印象是很小很可爱，但其实它们是一种比我们人类的祖先还要古老的生物。早期智人在大约25万~40万年前进化出来，而大约在80万年前，中国狍自东方狍中分化，成为亚种生物。东方狍则于200万年前从西方狍中分化，形成两个不同的物种。

与呆傻的外表不同，狍子算是鹿科动物里的"鹿生赢家"。它是分布最广、数量最多、生存环境最多样的典范之一。它们的适应能力很强，也不挑食，拥有灵敏的嗅觉和听觉；它们的视觉对光线的变化非常敏感，可以迅速发现异常情况。并且狍子还有一招独门绝技，是其他所有动物都不具备的——胚胎延迟着床能力。狍子的受精卵可以在子宫内"休眠"，最长可以保留到5个月后再着床发育。这样就可以完美避开严寒的冬天，让小狍子在适宜的环境里出生，从而提高成活率。

狍子究竟傻不傻

如果你与狍子相遇，它不会立即逃走，经常呆愣一会儿再跑，好像反应慢半拍；要是你喊一声"傻狍子"，它还真的会停下来回头看看；就算跑得没影了，过不了多久它又会绕回来；它们要是跑累了，还会把头埋进雪里，似乎这样就不会被敌人发现……

其实，真实情况是这样的：为了避免浪费体力，狍子不会听到一点风吹草动就跑，一般会先判断危险程度再做决定；它们跑一段路就回头看看，是它们在判断还有没有危险，如果警报解除，它们会回到原来的栖息地；在冬天，猎人会循着积雪上狍子的足迹锲而不舍地追击，一天下来狍子基本筋疲力尽，只能倒在雪地里束手就擒。